# 店长笨死了

[日]早见和真 著
佟凡 译

四川文艺出版社

目 录

第一章　　店长笨死了　　　　　　　　1

第二章　　小说家笨死了　　　　　　　19

第三章　　敝公司总经理笨死了　　　　69

第四章　　销售员笨死了　　　　　　　117

第五章　　老天爷笨死了　　　　　　　169

终　章　　结果，是我笨死了　　　　　219

# 第一章

## 店长笨死了

店长的话一如既往地冗长。我才发现自己远比平常焦躁，立刻想到经期快到了。

我从起床开始就心烦意乱。头疼得像是要裂开，完全没办法从被窝里爬起来，最后等我呻吟着爬起来，站在洗脸池的镜子前时，里面映出了一个脸肿得像怪物一样的女人。

我昨天晚上应该喝得很愉快。和大学时代为数不多的几个朋友一起，在神乐坂的一家小饭馆里喝到天亮，那家饭馆在我的老家，名叫"美晴"。昨天的我喝得酣畅淋漓，完全没想过第二天早上脸会肿成怪物，还要忍受头疼的痛苦。

"你怎么了？谷原京子。你在好好听我说话吗？"

店长对我说。我正按着眉间的穴位，据说对治疗头痛有效，事实上完全没有缓解疼痛的效果。这个人喜欢用全名称呼店员，不知道是不是因为觉得有趣。

他是武藏野书店吉祥寺总店引以为傲的"不"能干的人，空有山本猛这个听起来很勇猛的名字。但从激怒他人的角度来说，他的笑容无可挑剔。

据说山本店长今年四十岁，在兼职店员中间评价还不错，大家都觉得他"为人温和"，正式员工和合同工却完全看不起他，觉得他"轻浮"。用"据说"这个词是因为我对店长完全没有兴趣，说得极端点，不管他是三十岁还是五十岁都与我无关。

店长的身材瘦骨嶙峋，隔着衬衣都能看到一根根肋骨，他挺起胸膛再次看向店员。

"嗯，这话我昨天也跟大家说过，明天或者后天，宝永社都会有客人来找我。我想客人恐怕会去收银台拜访，所以负责接待的人请联系我。"

昨天的早会上，店长说的是"后天或者大后天"，他还真的是一脸满足、原封不动地重复了一遍。不止今天这件事，店长说的话从来都没有意义。既然宝永社的人明天或者后天会来，那就在明天或者后天说就行了。

说到底，营业时间内只要有人来问"店长在吗"，不管是谁肯定都能联系到店长。上午九点四十分，书店的早晨本来就忙得不可开交。店长每天竟然还在这种没用的事情上耽误时间，我已经不止是惊讶了，甚至觉得佩服。

他从来就是在早会上格外有精神的那种人。说起来，我听说山本店长最近迷上了自我提升类的书。如果这家店像我在深夜纪录片节目里看到的那样，要求在早会时大声喊出"谢谢！""遵命！""爸爸妈妈，谢谢你们生下我！"之类的话，我真的会辞职。

搬进来的书还没有全部摆上书架。我在心里念叨着快点摆完、快点摆完，结果店长像是在嘲笑我一样，带着一副得意扬扬的表情抬起了背在身后的右手。

"啊，我早上来公司之后买了这本书。虽然只是随便翻了几页，不过内容似乎挺有意思，看了会有收获。如果可以的话，我想让大家都看看。要是你有兴趣，我可以借你看看。"

他明明是书店的店长，竟然若无其事地说"我把书借给你"这种话，我对他的迟钝感到气愤。他完全没有站在作者角度思考的意识。

还有更让我火大的事。我最不能容忍的是这个人明明是书店店长，却没读过多少书。

店长自信满满地举在手里的书，作者是竹丸智也，是个没什么头衔的作者。这本书是好多年前出版的商务工具书，卖得可火了。打个比方，相当于在客户问我"最近有什么可以推荐的小说"时，我作为一个负责文学类书籍的店员却得意扬扬地向他介绍《哈利·波特》。虽然这也不算错。

然而，店长那副坚定不移的表情我实在不喜欢。我呼出一口气，像是要打破沉默，重新看向店长手里的书。

我想把他和竹丸智也一起狠狠揍一顿！

《向没有干劲的员工灌输服务意识，成功领导的心得77选！》

谁会读啊，蠢货！

一大清早起，我的心情就极其糟糕。还有五分钟就要开店，我急忙整理好剩下的书架，走进今天早上由我负责的收银台，专心致志地做起脸部按摩。

"谷原，你太焦躁了，怎么了，生理期？"

比我大七岁的正式员工小柳真理明明有自己的工作，不知为何却走到了我身边。

小柳姐的皮肤状态很好，完全看不出她已经三十五岁了。刚来这里工作的兼职员工百分之九十九会觉得我是前辈。哪怕我们都穿着同样朴素的苔绿色围裙，小柳姐身上的那件看着都像北欧制造。

小柳姐是这家店为数不多的良心。就算往少了算，我大概也有十次是真的动过辞职的念头。其中，十次里最少也有九次是因为被小柳姐说服，我改变了主意，没有辞职。

"不，应该还没到吧，毕竟你这丫头的生理期和我完全一样嘛。"

小柳姐自说自话地咪咪笑起来。清早时涌起的烦躁情绪顿时消失得无影无踪。无论是直呼我的名字，还是称呼我为"你这丫头"，只要是从小柳姐嘴里说出来的，都令我开心。我知道是我"双标"，可是如果店长说了同样的话，我就会从容不迫地大喊"这是性骚扰！"然后大闹一场。

不知什么时候，当我发现小柳姐在和我同样的时间里按压眉间同一处穴位时，我知道了我们的月经周期几乎完全一致。我一边想着这么点儿小事就让我发自内心感到高兴，一边轻轻叹了一口气。

"是啊,还没到生理期呢。"

"那是因为店长?"

"店长?"

"不是吗?"

"店长怎么了?"

"嗯……太笨了?"

我呆呆地张开嘴,抬头看着小柳姐的侧脸,忍不住笑出声来。

"不不不,虽然这话没错,不过他也不止是今天这样了。"

店长有一个神奇的特点,要是除了我之外有人说他坏话,我就会马上想帮他说话。

小柳姐很清楚这一点,也笑出声来。

"那你干吗这么生气。你在收银台按摩脸,十有八九是想要压制怒气吧。"

啊,就是这个……我再次想到。我一贯认为无论在职场上有多少不满,哪怕只有一个人理解我,我就能忍耐下去。

虽然我也不讨厌客人很多的热热闹闹的傍晚,不过我最喜欢的还是开店前空气清新的书店。柔和的朝阳从东向的窗户洒进来，就连空中飞舞的微尘都在闪闪发光。

我轻轻点了点头。

"小柳姐，你看了大西贤也老师的新作校样吗？"

"嗯？很早之前，往来馆送来的那个？"

"对，那本书下周就要发售了。"

"这样啊，我完全没看，也没想过要看。"

"我也是我也是，不过前一阵我稍稍翻了翻，居然觉得挺不错。"

"真的吗？我总觉得那本书周身都在散发着糟糕的味道。"

"书名好像是叫《早乙女今宵的后日谈》吧，但那本书是写书店的，你知道吗？"

"不知道。"

"这都不重要，不过写得真的很不错。讲的是一个蒙面作家，笔名叫早乙女今宵，曾经的作品很畅销，她感到自己的才华达到了极限，于是退隐江湖，隐姓埋名当书店店员的故事。"

"嗯，听起来有点儿意思。"

"真的吗？我看到这里的时候觉得胃里火辣辣的呢。梦想破灭的小说家怎么会来书店这种地方工作？那家伙知道薪水微薄吗？尽管如此，我还是努力看下去了。然后不仅胃里难受，甚至觉得恶心了。"

"为什么？"

"书里的人都闪闪发光的。所有人都干劲十足，早上起来就会大声说什么'今天也要在最喜欢的店里工作'之类的。不过这都没什么，确实有那样的店，也确实有那样的人。这没什么不好，但有一点，我无论如何都无法容忍。"

"什么？"

"那家闪闪发光的书店里发生了杀人事件，就像家常便饭一样。然后不知怎么的，早乙女就把所有事情都解决了。还有，里面的人物会随时坠入爱河。至于早乙女，她以前的竞争对手，一个帅哥作家来店里做签售会，虽然人家对她一见钟情，但她依然没有告诉那位作家自己的真实身份，还打算和店长交往，说什么只有这个人真正理解我的本质。于是店长说，他已经发现了早乙女的真实身份。"

"为什么？"

"就是啊。说是因为她在解决店里发生的杀人事件时，推理方式和早乙女今宵笔下的推理世界一模一样。还有一点，店长说自己发现她的名字是一个文字游戏。"

"文字游戏?"

"对。主人公名叫榎本小叶子,写成罗马字就是EMOTO SAYOKO。"

"嗯。"

"店长说,将字母调换顺序就成了SAOTOME KOYOI(早乙女今宵)。"

"啊,原来如此,真厉害。"

"少一个'I'啊。"

"嗯?"

"KOYOI里的I,榎本小叶子里完全没有I!可是书里完全没有提到。很过分吧?你不觉得大吃一惊吗?不觉得无法想象吗?"

就在我一口气没喘,滔滔不绝地向小柳姐倾诉时,店里响起了通知开店的乐曲《爱的八音盒》。

几位上了年纪的老顾客同时走进店里,我却还没收起激动的情绪。我一边瞥了一眼小柳姐的脸,一边代入自己开始思考。

店里发生无法找出真相的杀人案件？

店长果断地说出推理过程？

作家对书店店员一见钟情？

书店店员跟那份感情一刀两断？

原因是书店店员喜欢店长？

于是两个人皆大欢喜地坠入情网？

哈，呸！

恶心！

全都难以置信！

"可是，谷原你至少全都看完了吧？"小柳姐问心烦意乱的我。

"是啊，就是啊，不知怎么就看完了。"

"要写书评吗？"

"怎么可能写嘛。"

"是啊，往来馆的书嘛，可以理解。"

小柳姐收回视线。我像是被她吸引着一样，也将目光转向书店内。我们所在的武藏野书店店如其名，中规中矩，就是一家以东京武藏野地区为中心的中等规模书店，一共有六间店铺。

我们所在的书店虽然开在吉祥寺，不过距离大型书店云集的车站有步行十分钟左右的路程，而且和商店街隔了一段距离，挺偏僻的，面积不过一百二十坪[1]左右。

就是这样一家比上不足比下有余的书店，却展现出不差的存在感，原因有两点：

第一，亚文化类型的书很多。当初的书店负责人想要偷偷抓住吉祥寺鲍斯剧院[2]的观众，他的目的达到了，如今鲍斯剧院已经闭馆，不过依然有一定数量的亚文化爱好者在支持我们。

第二，正是得益于站在我身边的小柳姐。虽然她本人谦虚地说是"新手运气好"，不过曾经有一本书因为小柳姐写的推荐书评完美切中要害，在全国掀起了购买热潮。

以那件事为契机，多家出版社都想借助小柳姐的力量。当时，随处可见"小柳真理"的名字和"武藏野书店"的名字摆在一起。书籍腰封、文库本介绍上自不用说，就连报纸杂志、

---

[1] 坪：日本面积单位，1坪约等于3.3平方米。
[2] 吉祥寺鲍斯剧院：主要上演独立作品，2014年闭馆。

电车吊环扶手的广告上都有。就连当时还是学生的我都听过小柳姐的名字。

不，不仅如此，我还非常喜欢小柳姐的文章。里面满怀爱意，文笔温柔。哪怕明知她是因为和出版社的关系，和销售员的关系才会夸奖一本书，但只要是小柳姐的推荐，我就会毫不犹豫地买下那本书。虽然我一直没有告诉过她，但我之所以选择在武藏野书店就职，也是因为这里有小柳姐在。

虽说如此，我们一开始并没有一起工作。我是合同工，一直在总店工作，小柳姐是正式员工，三年前我才被调到这里。面对我这个嘴上说着"我一直很崇拜你"，手却一直在颤抖，眼睛也不敢看她，举止可疑的人，小柳姐的态度比我想象中的还要温柔。

除了工作，不管是阅读方法、选书方法，还是搪塞可恶上司的方法，只要我开口问，小柳姐都会知无不言，偶尔还会带我一起去吃饭。

不久后，小柳姐开始让我读出版社送来的稿件，是出版前的校样。刚开始，我对能读到发售前的作品感到纯粹的喜悦，无论是不是喜欢的作家，都会不加选择地读个遍。

我恐怕一辈子都不会忘记，自己的文章被选为推荐语的那天。那本书叫《空前的伊甸园》，是富田晓的处女作，作家与我同岁。

"来，这是练习，你写写试试吧，写什么都行。"小柳姐把校样给了我，然后悄悄把我交给她的读后感给了出版社的销售人员，那篇读后感的文笔实在很拙劣。

我直到最后都没能打消"我这种人怎么能写推荐语……"的想法，不过看到"谷原京子（武藏野书店·吉祥寺总店）"几个字时，我既觉得不好意思，又有几分自豪。最重要的是，毫不夸张地说，《空前的伊甸园》是一部出色的作品。我情不自禁地祈祷，这本书能因为我的推荐语多卖出一些，哪怕一本也好。

虽说当然比不上《早乙女今宵的后日谈》，不过当时的我也是闪闪发光的。无论是能最早读到作家的新作，还是自己的文章能被用为推荐语，对我来说一切都是新鲜的，让我打从心里感到高兴。我误以为小柳姐疲惫的姿态是她性格里天生的倦怠，现在回头去看，我实在是太乐观了。

"可是，不管有没有我的推荐语，那本书都能畅销吧。"

我站在完全没有客人的收银台后面，厌烦地嘟囔着。小柳姐敲着柜台上书店的电脑,看都没看我一眼就说:"毕竟是大西贤也的新书嘛,就算不宣传也能畅销吧。"

"那个人的书究竟哪里好了。"

"这个嘛,不是很好理解吗?"

"里面全都是典型的大叔笔下的女人,完美地迎合了大家的喜好。"

"这道理简单易懂吧。"

"嗯。可我觉得还有很多值得卖得更好的书。"

大西贤也是当代首屈一指的畅销作家。他笔下的作品和早乙女今宵"蒙面作家"那种神秘的销售方式完全相反,内容全都简单易懂。他的作品男女老少通吃,在武藏野书店推出的作品也一定会在销售榜上名列前茅,根本不需要我来写推荐语。

再加上这本新作的出版社是往来馆,我也不怎么喜欢。总之,那家出版社的销售人员态度很傲慢,要说不是因为这家出版社是业界的大公司,实在很难让人相信。这次同样如此,对方没有进行任何事先联系,就自顾自地送来了校样,还说什么"这是你们期待已久的,大西贤也老师的新作哦"。

我远远地看见老顾客朝书店走来。那是一位麻烦的客人,总喜欢挑毛病。

小柳姐应该没有注意到,不过我听见她重重敲下了回车键,故意说了句"接下来是"。

然后就在她打算离开柜台的瞬间,像是想到了什么一样转过身来说:"啊,对了。谷原,你今天晚上有时间吗?"

"今天吗?嗯,我没事。"

"这样啊,那我们去喝一杯吧?我有事跟你说。"

虽然每个季节大概只有一次,小柳姐会约我一起吃饭。但她一定会在一周前跟我约好,在我的记忆中,从来没有出现过像今天这样,她突然请我在当天和她一起吃饭的情况。

最让我在意的是她故作平静的态度。"有事跟你说",她以前对我说过这样的话吗?

然而,来到收银台前的老顾客一脸酒气地说着"喂,小姐",声音轻而易举地压过了我那句"可是,小柳姐"。

天中杀[1]。

自从进公司以来,我从来没有经历过如此万事不顺的一天。

---

1 天中杀:在算命中,表示运气最差的时期。

第二章

小说家笨死了

"啊，谷冈京子小姐。上次说的那件事好像很顺利嘛。"

又是在开店前手忙脚乱的时候，店长也不看看周围的情况，就愉快地走上来跟我搭话，这让我不自觉地生起气来。

而且到了现在还会弄错别人的名字，这算什么事啊！

"啊，是吗？谢谢。"

我都不知道他说的"那件事"是什么，就随便应了一句。本来就是嘛，我随便冲他笑了一下。来打工的孩子们一大清早就红着眼睛上架，要是我停下来跟店长说话，怎么对得起他们。当然，我也没有指出他叫错我名字的事。

店长迟迟不走。啊，真碍事！我烦躁地瞥了他一眼，他似乎对我冷淡的反应感到难过。就像刚刚被抛弃的小狗一样耷拉着眉毛。

要是他笨手笨脚地来帮忙也是件麻烦事，所以我跟大家低头道歉后离开了书架。这段时间明明忙得不可开交，兼职的大学生们还是一齐向我投来了同情的目光。

哪怕我好不容易为店长创造出适合说话的环境，他没眼色的程度却总是能超出我的想象。我问他上次那件事是什么，他嘿嘿笑着说："啊，早会的时候我会跟大家说的，不着急，敬请期待吧。谷原京子真是性急啊。"

店长撂下这句话，得意扬扬昂首挺胸地走了。我眉头一抽一抽的，肩膀在颤抖。

我目瞪口呆，既然如此，就不要来跟我搭话啊！

店长真的是笨死了。

这种店，我真的要辞职了！

开店前二十分钟，早会开始了。和平时一样，只会让员工们不满的情绪持续累积。在武藏野书店卖的字典上，"没有意义"这个词语上一定标注着"早会"的读音。

和往常一样，店长喋喋不休地说着不知道从哪本自我提升的书里引用的演讲。

"大家听好了。今天只有一件事需要大家记住。当然，我总是会向大家敞开胸怀。只是，所谓'菠菜'也有好坏。大家遇到事情要先自己思考，然后再找我处理。我想大家都知道，就算出现失误，我也能够泰然自若地应对。"

没有领袖气质的教主创立的宗教团体，一定就是我们现在这个样子。我最近发现，店长的口头禅好像是"我想大家都知道"。当然，我什么都不知道，也不想知道。

后来，他又喋喋不休地扯这扯那，心情很好的样子，直到最后的最后，才像突然想起来一样说到了"那件事"。

"啊，还有一件事，是谷原京子的提议，下个月，我们店会举办谈话会和签售会。"

嗯？像是在回应我的惊讶，店长得意扬扬地摸了摸鼻子。

"其实，我本来计划着邀请大西贤也老师。可他不愧是称得上'超'一流的作家，实在抽不出时间，这回只好不情不愿地放弃了。没办法，作为替代，我向其他作家发去了邀请——"

不不不，所以我说，大西贤也不开签售会的原因才不是超一流，而是因为他是蒙面作家啊。再说了，你倒是考虑考虑你

"没办法才发去邀请"的作家的心情啊。肯定是你自己喜欢的自我提升类书籍的作者吧！

我在心里吐槽。不知道为什么，店长瞥了我一眼，露出无畏的微笑。

"配合下个月的新书发售，富田晓老师会莅临本店。"

"啥？"这次我叫出了声。又听到一声尖叫，声音的主人正是矶田，她最近在我的强烈推荐下也加入了负责文学书籍的行列。其他员工都是一副无所谓的表情，不过我们两人是富田老师《空前的伊甸园》的忠实粉丝。

矶田的尖叫让店长心情很好，他又多了一句嘴："富田老师虽然不像大西老师那样是个大忙人，但也很忙的，请大家千万不要马虎。如果可能，先读上几本富田老师的书也挺好。"

大家不知道该作何反应，其中明显夹杂着不满的情绪，有些人会在心里想着："谷原，你不要多管闲事啊"。

我也有同样的感受。当然，富田老师能来是大好事。家里那本《空前的伊甸园》我都读过好几遍了，希望他能为我签名，而且还有很多话想问他。可是我感觉不到有多开心。

站在前面的矶田给我使了个眼色。因为兴奋，她的脸红彤彤的。

我崇拜的小柳姐离开书店后，我和矶田吵过一架，之后她就成了这家店里最理解我的人。就像她能理解我一样，我也很清楚她的想法。

我看着矶田，轻轻点了点头。矶田一定明白我的意思，工作结束后去"伊莎贝尔"……

傍晚，加班结束后我来到"伊莎贝尔"，矶田正在认真看一本文库本。我看见了全新的《空前的伊甸园》的封面，她应该是新买了一本吧。

"抱歉，快下班的时候，有客人拜托我给好多图书卡加上礼笺包装好，累死我了。啊，我要黑豆可可。"

我跟端来水的店员点好餐，这才发现我喝的饮料和矶田的一样。

矶田似乎很开心，表情柔和。看到她的表情，我心里一紧。矶田愿意和我处好关系，愿意亲近我，我自然打从心里感到开心。可是从小学、初中到高中，我从来没有加入过体育类的社团，不了解其中的环境，因此与后辈的交往对我来说难度实在很高。

就算是在店里，我擅长的也是和前辈的交往。最喜欢的小柳姐自不必说，就连超级烦人的店长，只是因为他比我大，我就能毫无顾忌地在他面前畅所欲言。

"啊呀，好久没看《空前的伊甸园》了，重读一遍感觉真好。包装图书卡辛苦了。要是告诉我的话，我就可以帮你了。"

"没事，来买图书卡的是个有些麻烦的女客人，不能把你卷进来。"

"没这回事，以后有什么事，请你尽管说。"

"嗯，谢谢你。比起这个，店里出大事了啊。"

"你是说富田老师的签售会吗？就是啊！我完全不知道，一不小心就叫出声来了，谷原小姐什么都没和我透露嘛。"

"我也不知道啊。"

"是吗？店长不是说这是你的主意吗？"

"我不知道，他大概误会了吧。"

"还有这种事？对了，谷原小姐，对不起，在说这件事之前，我有个问题想要问你，可以吗？"

矶田像是下定决心了一样问道。就算她不是一脸为难，我也能想象得到，她大概要问些无聊的问题。尽管如此，我还是无法拒绝，让她不要问，因为我不想被她讨厌。

"嗯，什么事？你别紧张。"

矶田带着探寻的眼光看着我，断断续续地说："店长和你之间，发生了什么事情吗？"

"啊？什么事情？什么？你在说什么？"

"就是很奇怪嘛。自从我第一次在这家店里和你聊天开始，店长看你的眼光明显就不一样了。"

"怎么个不一样法？"

"怎么说呢，总之就是他经常看你。像是在暗送秋波，或者说两个人之间有什么秘密一样。"

这次我真是无言以对了，什么话都说不出来。只能轻蔑地看着矶田，吞下一声叹息。

"你是认真的吗？"

我总算挤出了一句话，矶田用撒娇的语气跟我说："可是嘛"。可是什么啊，你不是这种人设吧！我压抑住内心的呼喊，重新换上笑容。

"嗯，可是什么？"

"大家都在传啊。"

"大家是谁？传什么？"

"肯定是店里的员工啊。说店长和你之间有点什么。这话我也不好说出口，请不要让我说这么多次。"

对对对，这才是矶田，会突然改变态度，会反过来生气的后辈，我情不自禁地感到踏实……才没这回事，我懊悔得都要哭出来了。

"我说，饶了我吧。那可是店长啊。"

我恳切的情绪能不能传达给这个坚定的后辈呢。

"我知道啊，可是……"

"不可能，和店长有些什么，光想想就火大。要是你背上这种莫须有的嫌疑会怎么想？"

小柳姐曾经说过，小说拥有的力量之一，就是能够体验"其他人的人生"。所以理所当然的，喜欢小说的人大多能够体会到别人的想法。尽管如此，为什么我总觉得周围喜欢小说的多是些顽固的人，完全无法体会别人的感受呢？

虽说如此，只有这一次，矶田好像设身处地地考虑了我的感受。

"简直是地狱。"

矶田从嘴里挤出了这句话。我再三叮嘱她:"是吧,这种事真的不可能。"光是想到店长脸上那副像批发售卖来的廉价笑容,我的嘴里就涌起一股酸涩的味道。

说白了,矶田的话完全是侵犯人权。如果这种闲话真的传出去了,我就没办法在店里待下去了。想到这里,有一件事浮现在我的脑海中,当然,就是在"美晴"发生的事。

准确来说,我那天产生的念头只能用一时冲动来解释,现在不能把他一个人丢在这里……这个念头现在让我无比郁闷。

"不要再说这种话了。至少我对他没有任何想法,店长应该也没有任何想法。拜托你了,别说这种恶心的话。"

我摇了摇头,不想再接受无聊的问题。矶田没精打采地向我道歉:"对不起,我不说了。"

为了平息冲动的心情,我喝了一大口可可,深深吐了一口气说:"我不知道店长误会了什么,不过富田老师能来,还是一件大好事啊。"

矶田表情突然由阴转晴,兴奋地说:"是啊,不过这件事也很奇怪啊。明明有那么多作家,店长为什么偏偏请了和你有联系的人呢？大家自然会觉得你们两个之间有些什么吧。"

"矶田！"

"是，对不起，我不说了。"

"我绝对什么都没跟店长说。而且如果让我随便邀请一位作家，多半不会是富田老师。"

"是吗？为什么？"

"没什么理由。"

"可是，你不是给《空前的伊甸园》写了推荐语吗？他对你来说是特别的作家吧？"

"嗯，是啊，虽然特别……"

"那是为什么呢？"

"该怎么说呢。如果要说特别，还有很多作家，而且我又不认识富田老师。"

矶田没有刻意隐藏诧异的表情，我自己也明白，这话说得含混不清。

正如矶田所说，富田晓老师对我来说自然是特别的。我从小柳姐那里拿到校样后，忘我地为《空前的伊甸园》写了推荐语。出版社将我的推荐语用在了书封和宣传物料上，这件事决定了我如今在武藏野书店的地位，也是我作为文学负责人骄傲和自信的来源，与此相对，我深刻地感受到自身实力的不足，正是这本书，将上述所有情感根植在我心中。

毫无疑问，《空前的伊甸园》是一部杰作。主人公是三位女高中生，还不熟悉家庭、学校和社会的规则，让我情不自禁地产生了共鸣。

小说彻底排除了被用烂的老套关键词——"校园等级制度"，不过书中描写了一个个活灵活现的小团体，我从一段段让人喘不上气的描写中感受到了时代性。我有生以来第一次因为小说中的时代感而窒息，从而心生不安。

另一方面，让我产生这种感受，将难以名状的感情用语言表达出来的，是一位与我同龄的小说家，这又让我产生了一股难以言说的心安。我作为书店店员，比其他人稍早一些接触富田晓这位小说家，于是让更多的人知道他，成了我的一项使命。

"如果社会规则不能让你变得幸福，绝对是社会规则的错！新时代小说家富田晓，将会优美地阐明其中的原因。"

我把推荐语交给小柳姐后就彻底忘在了脑后。一个月后，后半部分被完全删掉，前半部分稍加加工后，印在了宣传物料上，出版社的销售人员将宣传物料递到了我的手上。

我高兴地快要飞起来了，紧紧抱住了小柳姐。更让我高兴的是，除了宣传物料，销售人员还给了我一个信封，里面装的是富田老师写给我的亲笔信。

我躲在后院，将认真写在三张便笺上的文字看作珍宝，一字一句地看完了。

和《空前的伊甸园》给我的印象不同，富田老师是一位非常直率的人。他和我一样，因为我们同龄而感到高兴，给我写了一些鼓励的话。我作为书店店员，第一次得到肯定，泪水险些夺眶而出。

之所以没有哭出来，是因为最后一句话让我感到些微的违和。

"和同龄的书店店员拥有同样的梦想，我真的非常幸福。我希望以后能有越来越多的人拥有同样的梦想，不过谷原小姐就是第一个人。总之，今年的'书店店员大奖'，我已经得到一票了（笑）。"

不，用"违和感"来形容不公平，我并没有产生被钉子刺到的感觉，而且从我看到校样开始，就决定要在"书店店员大奖"里投《空前的伊甸园》一票，而且还想过这本书会取得压倒性的胜利。

《空前的伊甸园》最终卖出三万多本，成为畅销作品，却没能进入备受期待的"书店店员大奖"的前十名，直到那时，我才清晰地意识到心中的芥蒂。

在评奖结果即将揭晓前，富田老师开始在社交软件上吐露各种各样的心情。

"直到今天还没有联系我，看来是落选了啊。"

"因为出版社没有表现出太多热情，所以我没有太惊讶，也没有失望。"

"只是，我有些不信任别人了。"

"花了那么长时间，拜访了那么多家书店，得到的一致称赞都算什么。"

"有一家书店在我去的时候，摆出了好几面墙的《空前的伊甸园》。"

"两天后，因为想买一本书，我又去了同一家书店，同样的位置已经摆上了完全不同的书。"

"只是为了让作家有个好心情而说出的感想,做出的行动,究竟有什么意义呢?"

"虽说我不失望,但是抱歉,只有今天,请让我发几句牢骚吧,我有些不信任别人了。"

一连串发言下面有很多评论。其中有具有建设性的意见,比如"这种事不该放在明面上来说",不过绝对没有形成负面新闻,大部分人还是送来了同情的声音。

我认为《空前的伊甸园》是容易吸引粉丝的作品。事实上,富田老师的社交软件确实得到了很多人的关注。

令人不快的是,富田老师仿佛被人诱骗了一样,开始批判出版社和书店。最后甚至说:"干脆离开现有体制,只做按需印刷的自费出版好了。如果是这样,大家会支持我吗?"粉丝们纷纷喝彩:"不需要让没有干劲的出版社和书店赚钱。"

那段时间前后,我越来越多地从出版社的销售,还有偶尔来店里的编辑那里听到关于富田老师的坏话。

"我不是批评他,只是,那个人有些不好对付啊。"他们全都露出一副为难的表情说着同样的话,我却无法接受。我并没有固执地想要相信富田老师,而是只相信自己看到的东西。

虽然是老生常谈了，不过我也认为对于小说家，只需要关注他们写出的作品就够了。

从这个角度出发，我不太希望作家使用社交软件。我也知道自己的想法可能有些传统，然而哪怕是喜欢的作家，我也没办法纯粹地享受他们社交软件上的内容。只觉得如果有时间玩儿社交软件，不如早一天让我看到新作。

将社交软件上的每一条内容写成故事不就是你们作家的工作吗？这种场面话说得没错，可或许是出于嫉妒吧，我每次看到作家在社交软件上发出像是和不知哪家书店的店员串通好的对话，心里就会觉得乱糟糟的。

不过就连这些，本来也都是没有关系的事。就算是对他人来说无关痛痒的对话，如果能够成为小说家创作故事的动力，那么也没有人能对作家玩社交软件的事情说三道四。

对，结果只能靠作品说话。作为小说家，人们应该只用他们写出的作品来评价他们。

带着这样的想法，我收到了出版社送来的富田老师第二部作品的校样，据出版社的说法，交给我的原因是"上次承蒙谷原小姐关照"，读过后，我更加失望了。

不是说故事无聊，富田老师的文笔依旧文雅精炼，我同样有内心燃起火焰的感觉。

可我不觉得能够超过前一部作品。当然了，第二部作品不如处女作是常有的事；相反，此前的人生凝结而成的处女作比第二部作品好，或许是更加容易做到的事情。

让我感到焦躁的是，我感觉富田老师自己愿意对这部作品做出妥协。我觉得比起为了超越上一部畅销的作品而用力过猛，结果写出了拙劣的作品，更加不可饶恕的是，能在作品里看到作家的想法——"你们要的就是这样的东西对吧"。

总之，富田老师的第二部作品就是迎合读者，对处女作的复制。当然，这或许是我的偏见，况且内容并不糟糕，所以我接受了出版社的委托，比上一次更慎重地寄出了推荐语。

二十多行的推荐语被总结成了短短两句"有趣！心中仿佛燃起了一团火"，与其他近四十位书店店员的推荐语放在一起，这些都没有让我产生不满。

富田老师没有再次寄来感谢信，不过我能理解，这是理所当然的。我之所以觉得心里乱糟糟的，果然只是因为作品的内容本身。

我确定自己的想法，是在看到富田老师的第三部作品时。那是富田老师的第一部连载作品，读过集结成书的作品后，我心中不自然的感觉变成了清晰的不信任感。或许是出版社方面的委托吧，这部作品又是将相同的故事按照相同的手法写了一遍，原本犀利的文字也收敛了锋芒。在我看来，只能说是草草写就的。

尽管收到了委托，我还是没有交出第三本作品的推荐语。作品依然畅销，可是第四本、第五本我都没有再读。

富田老师在编辑中的风评愈发不好，我听到了他欺负编辑的传闻。虽然这不能称作原因，但我依然不打算阅读时隔许久送来的新作校样。我做梦都没想到，就在这本书出版的时间点，富田老师要在我所在的书店里开签售会。

我啜了一口已经彻底变温的热可可，叹了口气。坐在对面的矶田诧异地看着我。

我该不该提醒这名可爱的后辈，最好绷紧神经面对这件事呢？

怎么想也想不出答案，于是我暂且露出了一个亲切的微笑。

富田晓老师的谈话&签售会的号码牌瞬间销售一空,其中还有从其他县发来的咨询,人气作家的影响力可见一斑。

然而,随着离签售会的日子越来越近,我的烦闷程度与日俱增。我再次深刻地感受到,就算富田老师相处起来很棘手也没关系,只要作品优秀就是好的。

怎样都好,拜托写得有趣些吧。我带着祈祷的心情翻开了老师的新作《偿还》,简直烂到连奉承话都说不出来的程度。说得明白点,我在阅读校样的时候一直心烦意乱,读完后真心感到困扰,不知道该如何向客人推荐才好。

不过我心中还存有一丝朦胧的希望,不,或许不是这样的,说不定只是因为我依然对富田老师抱有期望,结果反而被蒙蔽了双眼。

离职的小柳姐和我之间有两个只有我们之间能听懂的词,"谷原效应"和"逆谷原效应"。凡是我深受感动,拼命向小柳姐推荐的作品大多会得到"挺有意思的,不过就这样吗"的感想。

相反,我愤怒地表示"太糟糕"的书,小柳姐反而会说"我没觉得那么差,还是有很多优点的嘛"。也就是说,还是最初期待值的问题。听到这本书有趣,期待值被拉高后,作品很难超越原本的期待值;不过当听到这本书特别糟糕,期待值降到最低后,作品反而能轻易超出期待。就是这么回事吧。

所以,我们随随便便地将前者命名为"谷原效应",而后者则是"逆谷原效应",小柳姐当时还呵呵笑着说:"这种情况估计不仅限于书。比如当我把你介绍给别的男人时,如果事先告诉他你是个超级大美人,恐怕结果你会入不了他的眼吧?如果反过来告诉他你特别丑,他估计会反过来说'不不不,不是挺可爱的嘛'。当给别人推荐某些东西的时候,就会有这样的情况吧。"

回过头看,这个例子实在挺过分的,不过我当时还是发出了感慨,感叹原来如此。

从这个角度来说,这次不就是"谷原效应"生效了吗?我无法忘记富田老师处女作带来的冲击,自顾自地提高了期待,结果就是读过《偿还》后,无法做出客观的评价。

也许这本书并没有那么差劲,结果在我之后看过校样的矶田轻而易举地抽走了我勉强抓住的最后一根稻草。

"我说,谷原小姐!这是什么啊。也太差劲了吧?"

早晨上架的时间。矶田看都没看我一眼，就使用了如此激烈的措辞，我哑口无言，结果回了一句自己都没想到的话："嗯，那个，是吗？没那么差劲吧？"

矶田总算瞥了我一眼，用鼻子哼了一声说："富田老师的作品里，我只看过《空前的伊甸园》，所以有点惊讶。他最近的作品全都是这种样子的吗？"

"啊呀，我觉得没这么差劲。"

"果然，谷原小姐也觉得这本很差劲吧。"

"啊，不是，我不是这个意思。"

"我不会推荐的。"

"什么意思？"

"我是说，我不想因为要开签售会，就做出向客人推荐烂书的愚蠢行为。"

矶田就像正义感的化身。我明白，她不会揣度人心，不会迎合别人。

"真是的，既然要请他，在《空前的伊甸园》出版时请多好，为什么要在这么差劲的书出版时请他呢？"

"我没有……"

"编辑也是，在做什么啊，这也太过分了吧。"

就在矶田刚说完最后一句的时候，店长来到了我们两个忙碌工作的人面前。

"你们两个不要光说话，手上也要动起来啊。年轻的员工也在看着你们呢，会影响到店里的氛围。"

当我看到他那张仿佛胸有成竹的脸时，脑海中瞬间变得一片空白。如果我是血气方刚的初中男生，一定会睁大眼睛，揪住他的领子大喊："喂，你这个混蛋！"

在我心中沉睡了二十八年之久的暴力冲动第一次被触发。怒气膨胀得越来越大。这个人究竟明不明白？说到底，他意识不到给我们带来额外烦恼的人是谁吗！

矶田的瞳孔睁得比我大得多。我不知道是因为什么样的情感，不过她眼珠子都要瞪出来了。

我用手制住像狂犬一样想咬死店长的后辈，视线回到了店长身上。"为什么要在这么差劲的书出版时请他呢？"矶田刚才说的话在我脑海中不停回荡。

这个人究竟为什么要请富田老师呢？我看着惊讶地垂着眉毛的店长问自己。这家伙究竟看没看过老师的作品？

不，他不会看过。不止是新书《偿还》，《空前的伊甸园》还有其他作品，他都不会看。明明没看过，只是因为书卖得好，他就托出版社里认识的人发出邀请了。肯定是这样的。

我觉得跟店长说了也没用。他当然不会知道富田老师不好相处。我只是深深地叹了一口气。

过于愚蠢的店长拿出了干劲，如今我们正在直面苦果。

谈话＆签售会举办的一周前，富田晓老师的《偿还》包着夸张的封面送到了店里。

也许是因为作品的质量确实不好，我对店长有很大的不满。然而是我们主动邀请富田老师来的，我们不能对富田老师有丝毫的怠慢，必须让他心情愉快地回去。

我心中强烈地升起这个念头，是在看到矶田摆放《偿还》的表情时。她就像是把"不服"两个字从字典里拉出来印在了脸上。

当然，提醒自我意识强的后辈不是件容易的事。我说过很多遍，我没有经历过体育社团的环境，很难做出这种事。

明天，明天再说……想着想着，签售会的日子临近了。

三天前我休假，回到了父母开的"美晴"餐馆，因为我想见见最近经常见到的、谜一般的老顾客石野惠奈子女士，向她倾诉烦恼。遗憾的是，石野女士那天没有来店里。

我喝着啤酒看着书，等到客人们差不多都回去了，才若无其事地问老爸："那位叫石野的女士经常来吗？"

"嗯？你说的石野女士，是那个谜一般的家庭主妇吗？"老爸和我的脑回路果然很像，"最近常来。"

"你有没有在哪里见到过她？"

"啊，你说哪里啊？"

"我总觉得见过她。对了老爸，你还记得我小时候，你经常带我去神保町的书店吧？"

"神保町？"

"嗯，就是周日店里休息的时候。书店里有个漂亮姐姐，经常帮我选绘本。我觉得说不定石野女士就是那时的姐姐，不过应该不是吧。"

"不不不，你等一下，话题进展得太快了吧。你在说什么啊。"老爸说着，总算停下了握着菜刀的手。

然后他眼神凌厉地看着我的眼睛，煞有介事地说："不，我完全不记得。别说那个姐姐了，我连带你去书店的事都不记得了。我说，真的是我吗？"

"是老爸你啊。"

"哦。你为什么觉得当时的店员可能就是石野女士呢？"

"就是感觉像。那个姐姐现在也到了石野女士的年纪了吧。还有，硬要说的话就是感觉。"

"气味？"

"嗯，特别温柔的氛围。那种人如果写小说，一定会写出温柔的作品吧。所以她给我挑的绘本那么好。"

"哼，什么嘛，搞不懂你。"

父亲冷冷地说，糟蹋了我的感慨。"大概就是这样吧，怎么可能呢。"我没有生气，坦率地同意了父亲的说法。

在父母家吃饭让我心情转好。来吧，就明天了，明天一定要提醒矶田。下定决心后，我走出饭店，包里的手机响了。

屏幕上显示着"木梨 兼职"的字样。虽然我记得交换过手机号的事，不过她从来没有给我打过电话。

现在是晚上十点。这名兼职大学生比店长靠谱多了，但她打来的电话只会让我产生不好的预感。

"大晚上的真是抱歉,谷原小姐,都这么晚了。"店里最年轻的兼职员工犹豫地说。

"没关系,出什么事了吗?"我温柔地引导她。

"那个,真的很抱歉。可能是我看错了,可是今天,富田晓老师好像到店里来了。"

"嗯?什么?什么意思?和编辑一起吗?"

"不是,老师一个人来的,大概是来看看店里的情况吧。"

这时,我脑海中冒出的第一个想法是,今天我休息真是太好了……这种想法真是太自私了。

当然,不能因为休假就逃避问题。看木梨的样子,反而应该出了挺麻烦的事。

"嗯,然后呢?"

"老师问了店员们很多问题。推荐的小说啦,最近的销售情况啦,还有这次签售会的门票。"

啊,只是这样的话我就放心了。就算有人推荐了其他作家的作品,他也不至于因为这种小事生气,签售会的门票也都销售一空了。

虽然我放下心来,可是木梨的声音完全没有放晴。没有办法，我只好继续问她"然后呢"。木梨的声音愈发低沉了。

"我是在他和矶田说话的时候想到那位客人可能是富田老师的。那位像富田老师的客人问矶田关于自己新书的内容时，矶田冒昧地开始推荐起处女作。像富田老师的客人问：'不，不是处女作，新书怎么样？'可矶田还在固执地说着《空前的伊甸园》。因为两人的样子有些奇怪，我偷偷看着他们，这才看到了客人的脸，吓了一跳。"

那副光景栩栩如生地浮现在我的脑海中。我压抑着自己的不安，佯装平静地继续问："你认识富田老师吗？"

"店里不是贴了签售会的介绍吗？上面有照片。那位客人确实戴了毛线帽，不过我反而觉得大家都没发现才奇怪。不，可能真的是我看错了吧，就是觉得有点孤独。"

我明白她的心情。一件事情压在自己心头的时候，为什么其他人都那么悠然自得呢？这种事情会让人感到非常孤独。

"这样啊，抱歉，要是我在就好了。"

"不，我没觉得这是你的错。"

"真的抱歉。还有吗？只是这些？"

"我在接待其他客人，所以没有看到事情的全貌。只是后来,富田老师好像还在店里转了转,样子特别焦躁,他什么都没买,回去的时候看起来特别生气。"

木梨在说话时已经不自觉地去掉了"像……的客人"的定语了。

"我知道了,谢谢你告诉我。"

"抱歉给你添麻烦了。这种事情也许应该先向店长汇报,可是……"

我明白木梨的心情,不得不把后面的话含糊过去。一部分兼职的店员对店长的评价是"温和可靠",而木梨和他们不同,她清楚地看透了店长。这也是我信任这位最年轻店员的原因。

"没事的,我明白。真的谢谢你告诉我。"

我反复地说着感谢,挂断电话后,从神乐坂向饭田桥车站走去,一路上有意识地挺直胸膛,可目光还是落在了手机屏幕上。

幸运的是,富田老师的社交软件从昨天开始就没再更新。可是就在我冲上回三鹰公寓的电车时,富田老师像看准了时机一样,发出了今天的第一条消息。

"已经是一年前的事情了,可那件事让我很难受。既然想到了,就想写下来。"

忠实粉丝们立刻给出了反应。

看着那些"久违了,说坏话的老师!""期待已久!"的评论,我习以为常,这种事情定期就会发生。

尽管正处于下班高峰,我还是运气很好地找到了座位。尽管如此,我甚至没有意识到自己坐下了。从第一条信息开始,不间断发出的信息内容让我全身的毛孔都渗出了冷汗。

"那是在某家书店发生的事。"

"我受书店店长的邀请,要在店里举办签售会。"

"而且没有经过出版社,店长直接给我的账号发来了消息。"

"当然,为了配合新书发售,我爽快地答应了,可让我吃惊的是,那位店长根本没看过我的新书。"

"那他为什么要邀请我呢(汗)?"

"现在回过头看,当时我就有了不好的预感。可我这个三流作家没办法拒绝嘛。"

当我看着不断更新的文章时,心中"不好的预感"恐怕不是当时的富田老师能比的。

不对,将这些当作"过去"的事还是我太乐观了。所有的事情完全吻合"今天"发生的事。笨蛋店长的脸在我眼前若隐若现。后面的内容完美地与木梨告诉我的内容吻合了。

富田老师应该是把已经写好的文章分段粘贴上来的,内容在不断更新。

我这个"三流小说家"担心书店的准备情况,"刚好有想要的书""最近又恰好没事",于是去拜访了那家书店。

明明"还有三天就要办签售会了",可我的作品待遇实在差劲。"我悲伤地看着书架",跟一名"号称负责文学类别的女店员"搭话。"店里贴着带照片(顺带一提,没有经过我的许可)的签售会介绍""品位低劣,黏糊糊的"。

不知为何,那位"感觉很傲慢的女店员"一个劲地向我推荐文库本的《空前的伊甸园》。"我带着想哭的心情"问她对新书的感想,那位"感觉很傲慢的女店员"不知道为什么,开始推荐起"其他作家的新书"了。"我太不甘心了,真的快哭出来了。"

后来,我看到"自己的书放在好像是退货箱的箱子里",

又看到"店员对快要脱落的海报视而不见",觉得这一天真是"太糟糕了",简直像是遇到了"天中杀",又觉得"没有被重视是我不好",想着至少要和店长打个招呼,然后就回去吧。

"给我最后一击的就是这位店长。"

看到这条信息时,电车到达三鹰站。我的衣服已经被汗水打湿了,就像刚走出沙漠的旅人,等我回过神来时,甚至有想吐的冲动。

我不想受更大的打击,于是拿着手机穿过了检票口。签售会能顺利举办吗?富田老师不会一气之下取消签售会吧?

就算这样也无所谓了。我带着破罐子破摔的想法,想要关掉社交软件。

最后落入我的视线的是令人绝望的文字。

"明明是店长自己邀请我来的,结果却带着一张毫无恶意的脸,直到最后都没发现我是谁。他看着签售会的海报这样对我说:'富山老师现在也已经成了畅销作家……'"

一方面不想伤害矶田,另一方面又不想让店长把事情闹大,所以最后我什么也没说出口。

别说取消了，签售会当天，表面上一切如常，完全没有要掀起风波的迹象。

就连这么紧张的日子，店长依然在早会上说着毫无意义的话。

"无论发生什么，我都会保护大家。所以请大家什么都不用担心，理直气壮地相信自己是正确的吧。人这种生物啊，就是容易被小事束缚，可是，人不能失去原本的目标。对我们来说，就是要尽可能多地将好书送到客人手里。说得更夸张一些，就是要培养这个世界的出版文化，并把它传递给下一代。只要坚守住这个目标，其他任何事都是小事。我会负起责任，期待大家的表现。"

不知道这番话是从哪里现学现卖的，不过我完全没有被打动。无论那张脸多么充满自信，无论那番话多么冠冕堂皇，我都完全不为所动。

我不经意间看到木梨握紧拳头，紧紧盯着地板。武藏野书店的字典里，"怀疑"的条目下一定贴着木梨的插画。

给我打过电话后，木梨似乎也看到了富田老师的社交软件。"这肯定是今天的事情吧？""我们店是不是遇到麻烦了？""我当时果然应该向店长汇报吧。""富田老师是不是不会在我们店里举办谈话会了？""谷原小姐，真的对不起。"……看着她不断发来的消息，我的心情比看到富田老师发送的内容时更加郁闷。

让时薪九百日元的兼职大四学生这么苦恼，还好意思说什么"我会负起责任""将出版文化传递给下一代"啊！我不需要这些冠冕堂皇的人生训诫，总之，不要给人添麻烦啊！时隔许久，我再次因为店长感到愤怒，身体仿佛要炸开，而不仅仅是烦躁。

从早上开始客人就很少，仿佛暴风雨前的平静。耳朵里只能听到 BGM 的声音，整个书店充满紧张感。

紧张感的源头恐怕是我和木梨。

"怎么摆出一副那么可怕的表情啊？今天的谷原小姐好吓人。"不愧是矶田，发现了我的异状，在午饭时问出了口。

"没什么，挺平常的吧？"我姑且扯出了一个笑容，不过可能没能掩盖住心里的烦躁。平时五分钟就能吃完的盒饭，现在饭菜完全没有减少。

我不了解新宿和神保町的大规模书店，不过像武藏野书店这种中等规模的书店，小说家举办谈话会的机会本来就很少。

签售会上，我和作家的接触只限于打招呼，让他给书签名，这种事情只需要保持二十分钟左右亲切的笑容，就能应付过去。只有面对喜欢的作家时，才会出现因为紧张说不出话，最终陷入自我厌恶的状况。尽管如此，让作家签个名还是能做到的。

然而谈话会就不一样了。作家在店里停留的时间要长得多，既然是我们邀请人家来的，就绝对不能失礼。最重要的是，我们书店和富田老师之间已经出现过一些小的不愉快了。

面对富田老师一连串的消息，一部分犀利的粉丝已经提出了："这真的是一年前的事？""不是这次武藏野书店的签售会吗？"对此，富田老师没有回应，面对粉丝更进一步认定"一定就是这次"的言论，他也没有做出否定。

时间一分一秒地过去了。在店里各处掀起的紧张气氛融为一体，一口气迸发是在十六点，谈话会开始一个小时前。将近十个像高官巡游一样的人从正门口走进书店。

其中有一位气质如同夜色化身的女性，不知道她是什么身份。一名像是出版社责任编辑的人对正好站在旁边的我说：

"承蒙关照，我是苍井出版社的三宅。感谢贵店今天的邀请，请问签售会的负责人在吗？"

我不认识这位编辑，我认识的销售今天没来。在三宅先生背后，富田老师与那位女性谈笑风生。

我一下子退缩了，本来应该由我这个文学负责人来接待的，可我却留下一句"请、请稍等"就逃走了。

我叫来了店长，他完全没有表现出紧张的样子，东张西望地说："呀，今天能来我们这样的小店，万分感谢。那个……哪位是富田老师？"

"啊，是我。"富田老师带着一副嘲笑般的表情举起手，店长回了他一个不带一丝阴霾的笑容。

"哦，初次见面，我是武藏野书店吉祥寺总店的店长山本。老师，感谢您百忙之中远道而来。"

"啊……"

"老师，您和作品给人的印象完全不同呢。"

"是吗？怎么不一样？"

"啊呀，您这么帅，看作品的时候，您在我想象中是更有文学青年气质的人，所以今天吃了一惊。"

我心惊胆战地听着两人进行对话，富田老师周围的人都带着和我一样的表情。看到这种情况，我恍然大悟，大家都知道前几天发生的事了。

"谷原小姐，谷原小姐……"

我回头一看，矶田正躲在我后面缩成一团，脸色苍白，拼命背过身去。

"那、那个，我知道他，我见过他。"

"嗯，没事的，我也知道。"

"啊？你知道什么？"

"我知道你见过老师的事。"

矶田已经深深地懊悔，我并不打算责怪她。我的怒火对准的是店长，只见他越来越开心，眼角绽放出笑容，单方面地抒发对富田老师作品的爱，也就是正在撒着弥天大谎。

他为什么没有发现呢，就在三天前，这位他公然表示是人家"忠实粉丝"的小说家已经和他说过话了。

十叠[1]大小的后院有大约九叠都被行李占了，来到后院后，富田老师依然笑个不停。

---

1 叠：日本面积单位，一叠约为 1.62 平方米。

在儿童读书区举办的谈话会也在忙碌中顺利结束了，除了拿到门票的三十人的位子之外，还紧急布置了站席，据说是"从社交软件上邀请了几名粉丝"。

让我紧张的弦微微绷起来的，是谈话会后立刻举行的提问环节。几名没有拿门票来的"富田粉丝"接连不断地投来了犀利的问题。

其中有这样一个问题。

"几天前，老师在社交软件上激烈批评了一家书店。关于这一点，老师是如何看待武藏野书店的呢？"

我和木梨，还有恐怕不知道情况的矶田都屏住了呼吸。提问的客人不怀好意似的歪了歪头。

看到他的表情，一瞬间，我甚至生出了猜疑，是不是富田老师让他这样问的呢？说不定富田老师就是为此才把他们叫来的。

当然，我没办法探寻此事，富田老师的表情也毫无变化。

"啊呀，这家书店的员工们都很亲切。不知道是不是考虑到我的心情，他们都说是我的粉丝，我心情特别好。"

座位上的客人们纷纷鼓掌，店长得意扬扬地深深点了点头，我和木梨松了一口气。

我想事情会就此结束。要是后面的签名会顺利结束，能重新回到日常工作就好了。大概老天爷觉得我心里的嘀咕太可笑了吧。富田老师又加了一句"啊，不过……"，就像要拒绝安稳的气氛一样。

我感到空气在一瞬间冻结了，只有店长的脸色毫无变化。富田老师淡淡地说："说起来，我还没问大家对新书的感想呢。嗯，有个负责文学的店员吧，好像是……"

富田老师从一沓名片里抽出了矶田的名片。最新印制的名片上加了一行"文学负责人"的字，矶田之前给我时还开心地说着"这是最后一张了"。

想起那天的事情，我心中涌起一股忧愁。

"嗯，是矶田小姐。矶田小姐在哪里？"富田老师通过麦克风询问整个会场。

矶田无路可逃，从我背后发出了虫子叫一样小的声音："那个，是、是我……"

富田老师满意地转过头朝她招手。让不安的矶田站在自己身边后，他像采访一样递上麦克风。

"怎么样？我的新书《偿还》？"

"啊，那个，抱歉。我……"

"嗯？你是矶田小姐对吧？负责文学的矶田真纪子。"

"是，我是。"

"对了，你看过我的作品吗？比如处女作《空前的伊甸园》？"

"看过，那是我非常喜欢的作品。"

"是吗？谢谢。那么这次的作品如何呢？"

"不，那个……"

"你没看过吗？"

"不，我拜读过了。"

矶田抬起眼睛看着我，像是要坚持不住了。我只是紧咬嘴唇，什么都做不了。

从某种意义上来说，这是对我的惩罚。在富田老师不在的地方，虽说是几个朋友一起，不过我们确实批评了作品。作为书店店员，那些感想应该留在心里吧，既然说出了口，就应该负起责任，做好心理准备吧。

我一边反省，一边不自觉地注意到现场的气氛渐渐变得剑拔弩张。我的脑海中浮现出一幕幕画面,上面写着"就像找到猎物的网民",或者"就像旁若无人地敲打媒体的政治家"。

怎么回事呢……我问自己,然后立刻理解了,没什么,这是我反复读过的《空前的伊甸园》里的文字,我还因为深有感触做了标记。这些正是富田晓老师几年前自己写下的内容。

富田老师为什么要做出这种像批斗一样的事情呢?我再明白不过了。他想让矶田在大家面前谢罪,因为她让自己蒙羞了,要不然就是想强迫她说出自己的新书"有趣"。

令人坐立不安的时间持续了一会儿。矶田满脸通红,说话结结巴巴的,最后低下了头。

"怎么了?新书很无聊吗?"富田老师没有停止追问。除了捧场的粉丝,就是不加制止围观的编辑。我明白了,小说家一定是孤独的生物吧。总是独自一人工作,含辛茹苦写出的作品还要任人批评。

我很理解他的心情,会疑神疑鬼,会不信任他人,正因为如此,才希望周围的人都对自己言听计从。尽管如此,只有写出震撼心灵的作品,我才会尊敬他们,《空前的伊甸园》毫无疑问,正是这样的作品之一。但是他的做法绝对是错误的,一定不对。

就算我们有应该反省的地方，这种公开审判一样的做法也不该得到允许。我之所以能挺起胸膛断言，正是因为《空前的伊甸园》中有类似的描写。

三名主人公所在的团体里分别有一位穿新装的国王，和在旁边捧场的人。

他们不接受强行要求他们遵守的规则，因为小小的错误被抓住、被抨击，陪在主人公们的身边，比任何人都要温柔的不是别人，应该就是富田老师啊。

富田老师曾经写过"不要被强者夺走你的自尊"。我最爱的作品中这样写着："勇敢面对那些想剥去你自尊的人们吧。"

用冠冕堂皇的话排挤他人，周围不怀好意的视线，不负责任的恶意，唯恐天下不乱的期待压得人喘不过气……

我终于明白了始终席卷整个会场的氛围是什么。如今在这个会场里，占据压倒性优势的人是富田老师。

"那、那个，所以我……"

矶田抬起头，重新盯着我看。我上前一步，绝对不能让她说出口。无论有什么样的理由，我决不能让她说出自己觉得无聊的作品"有趣"，哪怕微不足道，哪怕立刻会被踩在脚下，但这才是我们作为书店店员必须守住的尊严！

"那个！"

我下定决心提高了声音，可是却淹没在小小的会场里。店长不知道在想什么，潇洒地抬起手指了指我们的方向，通过麦克风大声说："没事，矶田真纪子，请说出你真实的想法。"

一瞬间，会场鸦雀无声。你好啰嗦！不要做多余的事情！店长彻底无视了我内心的呼喊，继续说道："没事的，你看过富田老师的《偿还》后有什么感想？"

"可是，我……"

"没关系。我最清楚你平时的工作状态了，你是我信任的文学区店员，你的感想当然代表了我们店的意思。所以我不是说过了吗？如果你的感想引发了什么问题，一切责任都由我来承担。请矶田真纪子小姐说出自己的想法。"

店长始终带着柔和的笑容。他的笑容增加了紧张、兴奋以及一部分扫兴的气氛，所有人的视线都集中在店长身上。

无法原谅，令人气愤，眼泪都要流出来了，我完全不想认可店长。虽然不甘心，但就刚才那番话，我每一个字都同意。

如果环境让你无法表明自己真实的想法，就笑着拒绝它吧。

教会我这些的不是别的，正是《空前的伊甸园》。我使劲点了点头，尽管如此，矶田看起来还是惶惶不安，不过她的眼神总算突然改变，变得坚定，正是矶田平时那种天不怕地不怕的表情。

"抱歉，我认为一千个人心中有一千个哈姆雷特。对一个人来说是救赎的故事，也有可能会伤到另一个人。我不认为自己的意见就是正确答案。"

"我不想听这种理所当然的话，我只想听听你的感想。"

面对不耐烦的富田老师，矶田微微一笑。

"好，在此前提下，请允许我说出自己的想法。我不认为《偿还》是一部好作品。抱歉，我的话失礼了。可是如果有客人信任我，就算对方已经看过，我还是想向他推荐《空前的伊甸园》。当然，我并没有失去对富田老师的信任和期待，请您尽快写出能超越《空前的伊甸园》的作品。各位编辑也是，请不要只知道说好话，要认真激励老师。只要有新书出版，请允许我们全力支持。"

现场的气氛让我感觉马上就会听到怒吼，结果富田老师打消了我的想法。

"店长真的和她意见相同吗？"富田老师终于失去了冷静，声音在颤抖。

店长依然游刃有余地说："对，这是包括我在内，本店所有人的看法。"

"既然如此，你为什么要邀请我？"

"啊？"

"没必要邀请写出这种拙劣之作的作家吧？你们特意请我来，不觉得太不讲道理了吗？"

富田老师说得很有道理。既然不认为这部作品好，就没必要特意在此时邀请他。

木梨不知什么时候站到了我身边，她咽了一口口水，静静看着事情的发展。店长的优点就是迟钝，并没有感受到会场的紧张气氛。他哼了一声，像是在说事到如今您在说什么啊一样，然后开口说："因为矶田以及我们店的许多工作人员都是富田老师的粉丝，就连我也是老师的忠实粉丝。"

"啊，你不是吧？"

"不不不，从处女作开始，我拜读过您的所有作品。"

店长厚着脸皮说。我刚刚想到他应该已经被看透了，果然，富田老师拿出了杀手锏："既然如此，你就应该发现几天前，已经和自己公开表示喜爱的作家聊过天了吧？我来过店里，你没发现吧？"

"怎么会怎么会，我发现了，肯定发现了啊。我怎么可能没发现，您是我那么喜欢的老师。"

"你绝对在骗人，我完全没看出你认出我了。"

"我不是不识趣的人，怎么会跟私下光临的老师搭话。您把毛线帽压得那么低，肯定是偷偷来访的吧。只要老师不主动报上姓名，我也会装作没发现的样子。"

"你绝对在骗人！不要撒谎！因为你连我的名字都叫错了！你不记得了吧，你看着贴了我照片的海报，说的是'富山老师'！"

两人好像都没有意识到他们在举着麦克风对话。富田老师仿佛已经忍耐到极限，尖锐的声音刺穿了所有人的耳膜。

尽管如此，店长游刃有余的笑容依然没有消失。

"抱歉，这一点我确实需要向您谢罪，不过我不是找借口，我这人连父母的名字偶尔都会说错。"

所有人不约而同地露出目瞪口呆的表情。

"啊？你在说什么？"

面对富田老师的疑问，店长尴尬地耸了耸肩膀说："这是我为数不多的缺点，我一直就不擅长记名字，甚至连我自己的名字都会弄错。"

这绝对不是值得夸耀的事，可店长竟然挺直了胸膛。店长叫错名字的情况确实挺严重，我甚至想说具有艺术性了。把我叫成"谷冈""谷口"什么的还算好，甚至只有第二个字正确的"山原""西原"，连完全看不出原型的"釜石""太田垣"都出现过。

在剑拔弩张的气氛里混入了几声笑声。店长恐怕没有注意到店里微妙的变化，反问道："老师才是呢，您不记得了吗？您的处女作《空前的伊甸园》的推荐语，'如果社会规则不能让你变得幸福，绝对是社会规则的错'。"

我的心猛地跳了几次。富田老师露出茫然的表情，然后马上回过神来摇了摇头说："这……这种事肯定记得啊。"

"那是我们店的店员写的哦。"

"嗯?"

"是矶田的前辈,负责文学的谷原京子写的推荐语。刚才跟您打招呼的时候应该告诉您的,您还给她写过信呢。其实我成为老师的粉丝,就是受到了这名店员的影响。能让我打从心里信任的店员深受感动的,究竟是什么样的小说呢?我带着这样的想法试着读了读,结果受到了冲击。我放心地想,竟然出现了能写出如此具有真情实感小说的人,我现在还记得当时为新时代小说家的出现而激动的心情。"

店长慢条斯理地说出我的推荐语,让富田老师张口结舌。会场立刻沸腾了,不知从什么地方飘来了一句"不错,店长!继续!"引发了一片笑声。

胜负已定,形势彻底逆转了。可我并没有感到畅快,反而因此而感到混乱。让富田老师成为众矢之的没有好处,只是逆转没有意义。

店长似乎也考虑到了同样的事。虽然我对他一连串的言行完全不赞赏,不过要说今天的事里有值得表扬的地方,就是他内心的强大了吧。

面对越来越喧嚣的会场,店长像刚才冲我做的那样压了压手。然后用安慰小孩子的语气对富田老师说:"我们的工作不是让所有作家保持好心情,而是与作家并肩作战、同仇敌忾,与出版不景气的艰苦局面对峙。我认为让老师保持好心情,或者反过来让您愤而离场,都不能解决问题。我们应该做的不是这些细枝末节的事情,而应该是一些更加本质的事情,您不觉得吗?"

店长暂时停下话音,深深鞠了一躬。

"富田老师,请您不要忘记初心。您有天赋,您的作品能够震撼人心。请绝对不要让围绕在您周围、只希望您保持好心情的人们碰触这份闪闪发光的才能。请不要让您的才能蒙尘。拜托您了,这是和您同处出版这片汪洋大海中的,一个渺小之人的愿望。"

我一个不小心差点哭出来,没错,真的是不小心。因为这番感动人心的演说不是出自史蒂夫·乔布斯之类的伟人之口,而是出自山本猛店长之口。

店长心满意足地眯起眼睛,不知为何转向了我,我只产生了一股不好的预感。

"就像老师拥有写作的才能一样,我们店里也有一个人,拥有能将作品送到客人身边的天赋。"

不,不对……停下、停下、停下、停下……不管你想要做什么,现在都绝对不是时候。拜托了,给我停下!

我拼命在内心呼喊,今天,店长用超群的锐利眼光洞察了我的所有心思,可是在最重要的局面中,他又恢复到了平时的样子。

"下面有请谷原京子小姐谈谈对《偿还》的感想。请——"

店长举起手,仿佛在说:"下面请听邓丽君演唱《偿还》。有请……"我真是恨极了店长。

第三章

敝公司总经理笨死了

尖锐的笑声劈开了冰冷的空气。

"啊呀，真厉害！太好笑了！店长还是没变，超棒的。"

她是这么粗俗的人吗？我一边自问，一边毅然决然地摇了摇头："可我想说这事超级糟糕。"

"不不不，很好！超级好！多新奇啊！我可能要成为店长的粉丝了，想再见见他！"

现在是深夜一点，在神乐坂"美晴"。不要说其他客人了，就连老爸都回到主屋了。石野惠奈子掀起门帘走进店里时刚好零点，看起来比平时更疲惫，反正我明天休息，就陪她喝起了酒。

我们隔着柜台相对而坐，随便找了个由头，直到干杯为止，气氛都挺好。其实我想问问石野女士疲惫的原因。可是听到石野女士问我："你最近怎么样？店长的状态还是那么好吗？"我的不满一口气爆发了。

我想说的自然是我工作的地方。武藏野书店吉祥寺总店举办的富田晓老师的谈话&签售会。

那天，当笨蛋店长像在介绍歌曲一样问我对富田老师的《偿还》有什么感想的时候，一直蕴藏在我心中的愤怒、感慨，作为书店店员炽热的自尊心，对共同工作伙伴的顾虑，一切都烟消云散，全都被我心中满溢的压力轻而易举地打败了。

"不、没有……没什么。我、我、我觉得挺有趣的。"

就在刚才，我还真真切切地想过，绝对不能让后辈矶田受到强迫，说出这本书"有趣"，说出富田老师想听的话。我心情激动地想着，哪怕微不足道，哪怕立刻会被踩在脚下，但这才是我们作为书店店员必须守住的自尊。

尽管如此，我竟然平静地说出"有趣"。哪怕已经过了好几天，我依然无法忘记在那个瞬间，矶田脸上如同从字典里抽出来一样的"失望"，仿佛觉得意外，富田老师皱起的眉头，还有店长不知为何心满意足的表情。

石野小姐并没有同情我，最后还眼含热泪，开始把柜台敲得邦邦响。

"邓丽君嘛，啊，真好笑，太好笑了，我是说你们的店长，那位山本先生。"我无视了看起来还想继续这个话题的石野女士，改变了话题。

"那个，抱歉，石野女士是出版行业的人吗？"

石野女士没有收起笑容，使劲揉了揉眼角。

"嗯？怎么回事？你为什么要问这个？"

"你不是总在看书吗？这附近有很多出版行业的人，我看你经常做笔记什么的，就和老爸说你说不定是编辑。"

虽然是我自己问的，不过我觉得答案应该是否定的。不，应该说我在期待被否定。石野女士明确地摇了摇头，就像在回应我的期待。

"虽然挺抱歉的，不过我没有从事那么高尚的工作。我只是个有些喜欢书的醉鬼而已，抱歉，让你的期待落空了。"

"不，谈不上期待。"我这句话并不是因为顾及她。我深深吸了一口气，调整好姿势，"那我换个问题。石野女士，你是不是很久以前在书店工作过？"

"啊？这次又是怎么回事？"

"我总觉得见过石野女士，于是在记忆中搜寻，想起了以前经常去的神保町书店，那里有个漂亮的姐姐。我特别喜欢她，她总是给我推荐绘本。她为我创造了喜欢看书的契机，会不会就是石野女士——"

"啊，抱歉，你等一下啊，小京子。"石野女士抱歉地打断了我。只是看见她皱起眉头的表情，我就明白了她要说的话。

石野女士盯着我的眼睛，耸了耸肩，用告诫的语气对我说："在这件事上，我要为让你的期待落空而抱歉，我说了，我只是个喜欢看书的醉鬼。既没在书店工作过，再说我本来也不'漂亮'。总觉得有些抱歉呢，小京子。"

如果可以回到过去，我现在就想回去。距离那天地狱般的谈话会已经过去了一个月之久。

因为我那天的严重失态，我再次失去了一度走近我的可爱后辈的信任，还承受着同事们冰冷的目光。处理客户的投诉、书本上架、新人培训，工作不断压上，我甚至没有足够的时间看书。虽然我扬言既然如此，干脆只卖自己想卖的书好了，可是我想接手的书却完全不会送到店里来。

再版制度是为了维持定价，可它的缺点在于出版社害怕书店退货，总是把"实绩"挂在嘴边，一味控制上货的数量，我想卖的书也没办法随心所欲地进货。

我最喜欢的作家的新书连一本都没进，这种事已经见怪不怪。因为那些书的出版社要么是和销售关系疏远，要么是往来社这种明显看不起武藏野书店的龙头出版社，我们根本没被放在眼里。

当然，就算向经销商申请也进不到货，我一天接着一天在订货网站上输入"希望订购数量3"之类的内容。这是多么质朴的工作啊。

网站的质朴程度也不输给我。一天接着一天规规矩矩地回复"出货数量0"。

不知不觉中，我的情绪超越了焦躁，开始与机器产生奇妙的连带感。甚至有一次，我自言自语地嘟囔了一句："喂，电脑，你每天也很辛苦嘛。"让当时在我身边的小柳姐吓了一跳。

自从在书店工作后，我就再也不觉得"不过是区区几本而已"。我深深地明白，要卖掉几本书的困难，还有几本书被偷走时的心痛。

另一方面,我对就连"区区几本"都不愿意给我们的出版社和经销商产生了根深蒂固的不满。我不知道他们有多害怕退货。但是你们自己进的货,要负起责任全部卖掉啊!

在心中充满怒气的另一方面,我也能理解经销商和出版社的心情。

一般来说,书店都是会骗人的。只是因为别的店里卖得好,连看都不看,就会从各处进货,也不会抱着要全部卖完的决心。

比如书店会采取"虚假订单"的技巧,客人明明没有订购,却撒谎说"这是客人订的",强迫出版社发货。

当然,就算顺利进了货,也不存在订了书的客人,要是在一定的时间里卖不完就会退还给出版社。就算在一段时间里想要认真卖一本书,可是如果出版社没有库存,那么日本各个地方的书店都拿不到书。

这个技巧是一位前辈扬扬得意地教给我的,他现在已经不在店里了。当一位前辈认识的出版社销售跟他抱怨的时候,他表情平静,大言不惭地说着谎:"啊呀,订了书的客人好像蒸发了啊,我们也挺为难的。"

当时前辈的笑容卑鄙,连我都看不下去了。说起来,他还跟我说过既然要在订货网站上输入"补货 10",那么就算麻烦,也要反复输入"客户订单 1"。在我眼里,他当时的表情也很卑鄙,每次想起来,我心中都会涌起一股郁闷的情绪。

自从开始做这份我憧憬的工作之后,我常常会想:无论是出版社、经销商、书店,还是我这样的一介店员,大家都太重视眼前的利益,结果陷入了不幸的境地,这是典型的自体中毒。

充满热情想要卖书的书店却进不来书,无论怎么想都是一件不幸的事。

不知从什么时候开始,就算出版社没有库存,当我看到电脑屏幕上显示"无库存,再版未定",并且原因在于货都到了市区的书店,我就会感到厌恶。

某天发生了一件事,让我时隔许久又想起了这个问题。那天我难得上晚班,下午才去上班,眼前出现了一份传真。上面印着小说《系鱼田断层连续韭菜杀人事件》的图片,还写了一句话："本周周日，《晨间加油站》将会介绍这本书！"

瞬间，我在目瞪口呆之后，喉咙里发出低沉的哀号。《晨间加油站》是某家民营电视台播放的著名周日新闻类综艺，收视率很高。最近难得开设了认真介绍小说的栏目，而且效果出人意料地不错，在书店店员里广为人知。

《系鱼田断层连续韭菜杀人事件》是宫城莉莉的出道作品，作者比我小四岁。

虽然刚刚发售时反响一般，但因为某家大型书店有影响力的店员强烈推荐，于是在小范围内慢慢开始受欢迎。看到杂志上的报道后，我也看了这本书。《系鱼田断层连续韭菜杀人事件》就像它夺人眼球的名字一样，是一本新颖的小说。

文体轻松，既可以说是轻小说，也可以说是纯文学，将男性之间的恋爱情景和绞杀事件结合在一起，而且并不牵强，格外悲伤的杀人动机和系鱼田断层的必然性，还有最后作为远程武器登场的韭菜效果都很好，我在看到最后一场戏时更是放声大笑，同时放声大哭。

我好久没有过这样的读书体验了，仿佛连身体内部都在颤抖。我作为书店店员，打从心底想要见证拥有崭新才能的作者的出现。

可是武藏野书店吉祥寺总店只进到了三本《系鱼田断层连续韭菜杀人事件》，其中一本已经被我买下来了。就算想重点推销，也只有两本书能放在展示柜上。

不幸的是，这本书的出版社是我们不擅长对付的往来馆。负责的销售肉眼可见地看不起武藏野书店。

没办法，我只好打开了订货网站，上面一如既往地显示着"无库存，再版未定"。虽然我对此已经麻木了，可是那天不知道为什么，一股奇怪的愤怒涌上心头，我在后院逼问店长："喂，你这家伙！在总部工作的时候不是和很多出版社的人交换了名片吗？直接拜托他们把书送过来啊！一天天的在早会上说些无聊的话，偶尔也给我们帮上点忙啊！你倒是振作起来啊！"

当然，我说出口的话没有这么粗鲁，不过概括起来就是这个意思。

就连店长都目瞪口呆。

"等……你等一下，你生这么大的气干什么？我一直在按你的要求给出版社发邮件啊。"

"这不是连一本都没进到吗？"

"这又不关我的事。"

"为什么！"

"啊呀，我说——"

"是因为你的威信太差吧！"

话是我问的，咄咄逼人的答案也是我说的。然后店长耷拉着眉毛，一副难过的样子。

在那一瞬间，真的只有一瞬间，我想到了很久以前父母家邻居养的意大利灵缇。灵缇本来就是身材纤瘦的犬种，死前更是消瘦到让人不忍直视。我每天都会去邻居家看它，在它死的时候哭个不停。

久远的记忆在我脑海中划过，我突然想要原谅店长了。可是再也没有比店长运气更差的人了，放在狭窄后院里的电视上正好在播放"自由书店"神田总店的新闻特辑，强烈推荐《系鱼田断层连续韭菜杀人事件》的店员就在那家店工作。

在书店入口，某位泰斗级作家的新书堆得像小山一样高，接受采访的田岛春彦店长还在说："怎么样，很壮观吧？我把这座书山称为'天空树堆法'。"

那副表情就是典型的"骄傲脸",幸好那座书山并不是《系鱼田断层连续韭菜杀人事件》,可是他身上那种与我们店长不同类型的轻浮,让我全身所有的细胞都在剧烈颤抖。

"喂,混蛋店长……"因为新闻出现的时机太糟糕,我不小心吐露出真实心声。

"嗯?你在说我吗?"店长眨着圆溜溜的眼睛,这回可不像意大利灵缇了。

"肯定是你啊!你怎么能悠然自得地允许他堆'天空树'呢!要发火啊!要大声喊啊!让大书店做这种事情,像我们这样弱小的书店什么时候才能进到书啊!你这家伙,差不多该振作起来了吧!"

我知道是我迁怒于店长。可是被一介店员抓着衣领还嘿嘿直笑的店长,我无论如何都无法原谅。

这本惹出一场小风波的书要上《晨间加油站》了。我"想卖的书"变成了"确实畅销的书",可是在它畅销期间,店里却没有。

我又觉得羞愧，又越想越生气。可是我已经明白了，焦躁只会让自己难受。

店长应该和我一样看到了几天前的传真，他有什么感觉呢？不，他一定什么感觉都没有。我发觉他早会比平时更有干劲时，想到今天是周三。

店长在早会上露出激动神情的时候一定是周三。

"大家听好！我本来不想说这种话的。可是大家最近太没精神了！我想了想原因，找到了一个答案。大家知道吗？没错，我发现早会本身完全没有活力！"

喂，你打算去参加选举吗……我压下心中的不满，继续低着头。

就算不抬头，我眼前也能浮现出同事们的表情。店里弥漫着焦躁、厌烦、愤怒的情绪……他真是个内心强大的人。要是有一天我能当上店长，肯定受不了这样的气氛，当然，到时候我一定会坚决推辞。

不仅是吉祥寺总店，六家武藏野书店的各位店长的公休日都定在周二和周四。

乍一看保证了一周能休息两天，可事实并非如此。因为最初创立武藏野书店的铁腕老板柏木雄三总经理将一周一次的店长会议安排在了周二下午。

也就是说，各店店长要献出宝贵的休息日。这种蛮横的制度怎么看都会有人抱怨，可是我听说在公司成立的四十年历史当中，从来没有人抱怨过。大家打从心底畏惧这位年过七十依然趾高气扬的总经理。很遗憾，在武藏野书店的书架上放了很多年的字典上还没有出现"职权骚扰"的条目。

毕竟总店的店长是那副样子，有传言说每家店的店长都是这副蠢样。不过只有这件事确实让人很同情，宝贵的休息日要被叫到总经理家里去，有时候要吃着年糕，有时候要喝着自己不想喝的酒，听总经理絮絮叨叨地说着"和去年比起来"，抱怨销售额不如去年同月，这是多么令人悲伤的事情啊。

大部分店长肯定会对那一天感到厌烦。不，用"大部分"形容一定不对吧。应该说六家店里有五家的店长，每周都要度过这样一段最糟糕、最讨厌的烦闷时间。

那么剩下的一个人是谁呢？肯定是我们的山本店长了。那么山本店长是如何看待一周一次的店长会议的呢？令人惊讶的是，他一心盼望着开会。

某个新年休假后的周一，我在加班时听他本人说："啊，好期待明天啊。"

要是现在，我肯定会装作没听见，可当时我还太天真，看着店长一副希望别人去问他的样子，我问出了口："对了，您明天休息吧，有什么事情要做吗？"

店长仿佛期待已久，挺起胸脯说："要去总经理家开店长会议啊。"

"店长会议？"我重复了一遍。店长盯着我，露出像孩子一样的笑容："嗯。明天，各家书店的店长要比赛打羽毛毽子。"

我实在不明白他在说什么，也不明白他为什么要笑，只好回答："啊……原来如此。"包括打羽毛毽子在内，一切都太令人难以理解，我记得当时我心中升起了一股格外孤独的情绪。

无论如何，山本店长是整个武藏野书店最亲近总经理的人。他打从心底信奉总经理，简直无可救药。如果他是为了出人头地，反而更令人安心。

店长突然提到"早会"的那天，也带着一副陶醉的表情喋喋不休："昨天的店长会议上，敝公司总经理说了！'一年之计在于春,一日之计在于晨。得早晨者得天下,所以各位,过愤怒的早晨吧。'我深受感动。"

我完全没有感觉,甚至不明白最后一句话的意思。店长看起来真的感动至极,以至于说不出话来,和往常一样拿出了藏在背后的一本书,展示给店员们看。

"这是二十年前,敝公司总经理出版的商务书籍,现在读来,里面依然有不少金句。其中也清楚地写有关于早晨的记述。敝公司总经理在数十年前就意识到了早晨的重要。"

这种事情不用店长说我也明白。无论立场如何,进入武藏野书店的正式员工、合同工和兼职员工都按要求看过总经理写的《人生心得》。

店长表情陶醉,眼睛炯炯有神,到了这种地步,已经没人能阻止他了。看着用拇指夸张地擦拭嘴角的店长,我没有好的预感。

"书中也有对早会的描写。"

不要,停下,等等。

"敝公司的总经理写到了在早会时表露出感情的效果。"

住嘴。

"于是我也看了这本书，全都是令人深受感动的内容。方便的话，我会借给大家，请大家都看一看。"

总经理的书后面又出现了一本不同的书。封面上写着《员工干劲爆发 全心全意 男人的早会！》我当然知道这本书，是几年前不知为什么大火了一把的自我提升书。

我并不打算彻底否定自我提升类书籍。不，我一本都不打算否定。所有人都要依靠某样东西来生存，如果能在这类书中找到救赎，无论是多么可疑的自我提升书，哪怕是莫名其妙的宗教，大家都可以尽情依赖。对我来说，小说才是最好的自我提升书，甚至是生活的指南。

然而我认为这绝不是他人能够介入的东西，这是"强迫"。只要自己看过书，受到感动就好，只要在自己的身上实践，充分获得生活下去的活力就好。

可是，不能去强求他人也有同样的感受，如果强迫性地介入，就会生出没有必要的误解和苛刻，世界是如此令人窒息。你说对吧？你明白的吧，店长。

我的心声当然无法传达到那个傻瓜的耳朵里。店长温柔地对员工说："各位，从今天开始，让我们一起重生吧。"

喂!

"和我一起踏出新的一步吧!"

你真是够了!

"没什么不好意思的。我们是乘坐在同一艘船上的船员。当然了,这艘船的船长是我,是我,是敝公司的总经理!"

到底是谁啊!如果是这样,这船肯定是"破船"。再说了,"敝公司""敝公司"的烦死人了!用在这里不对啊,先去查查字典啊!

我就要爆发了。啊,神啊!拜托了,请您阻止这个傻瓜吧!可是店长微笑着一脚踢开了我心中迫切的呼喊。

"我确实是个废物。"

突然变尖锐的声音彻底打碎了早晨勉强保持的开朗氛围。我不知道发生了什么,其他员工也目瞪口呆。

店长不顾大家惊讶的表情,继续高声说:"我确实是个废物!"

所以我说,这么突然是怎么了!这里所有人都知道你是个废物啊!

店长用古怪的目光看了大家一会儿,不知为何放弃似的叹了口气。

"我很吃惊，在此之前大家都很害羞，我明白你们的心情，我也觉得不好意思。可是我们必须改变。来，踏出一步怎么样？"

店长像是在训诫我们，第三次说道："我确实是个废物！"

那本厚厚的书里究竟写了什么？我下定决心要看看《男人的早会》那本书，不过恐怕和店长希望的原因完全相反。

开早会没关系，就算退一百步来说，强制要求我们大声喊口号也能理解。可是，喂，再怎么说，强迫员工说"废物"也太过分了吧。

只有一个人回应了店长的暴行。

"我、我、我确实是个废物……"

满脸通红，低着头小声开口的是店里最年轻的兼职生木梨祐子。我很清楚，木梨是最不能被称为废物的人，恐怕正是因为如此，她才鼓起勇气，觉得不能让店长一个人尴尬的吧。

她还是个大学生，却背负了如此沉重的责任——我的内心深处仿佛被紧紧攥住了。

对店长的憎恨肉眼可见地发芽，另一方面，我对木梨感到无比抱歉。

幸运的是，在早会上大喊自己是废物的规矩没有定下来，但包含兼职的学生们在内，店长彻底失去了在店员面前的威严。

我也决定彻底无视他。很久以后再次和他说话时，距离那次早会时间发生已经过去了两周，又是一个周三。

"今天，敝公司总经理要来视察。"

"啊……"我情不自禁地开了口，一句"啊，糟糕"又跑了出来。瞬间，我坚持了两周逃避他的努力化为泡影。

店长看起来完全不觉得奇怪。

"虽然总经理让我绝对不要告诉员工，不过我觉得告诉你比较好。"

"为什么是我？"

"敝公司的柏木雄三总经理对总店的销售额感到相当生气。昨天狠狠训斥了我一顿，说'明明是总店，像什么样子'。特别是文学类书籍的销售额让他很不满意……啊，我是想要保护你的。可是总经理那个人，听不进别人的话嘛。"

我花了一些时间才明白店长话中的意思。我明白喉咙里正咕咕作响，想到了半年前那件讨厌的事。

"日本文学已经完了。今后，书店为了生存，必须变成联合大企业。"

"联合大企业"的意思原本应该是"经营多种领域内容的大企业"，总经理似乎误解了这个词，那天，各店店长接受他的指示后，分别传达给了自己的员工。

关于总经理的负面传言，我听都听腻了，可我不过是一介合同工。老实说，只要不伤害到我，怎样都好。

那是我第一次感受到直接的"伤害"。我不觉得日本文学已经完了。进入武藏野书店以后，文学类书籍的整体销量确实每年都在下降，可是非常缓慢，今年可以说是在好转。我觉得已经过了最糟糕的时候，正点燃动力，打算从现在开始努力。

我不知道总经理听到了什么风声，却没办法对他粗暴的话充耳不闻。

他说出这番话后没过几天，总经理发来了一封命令式的传真，上面写着"缩小文学书的区域，充分利用吉祥寺地区时尚的特点，充实杂货区域"，我当时甚至流下了眼泪，大闹了一番。回过头看,那是我第一次当面对店长发火。

"绝对不可能!要是这种事能随随便便地发生,我就没办法在这家店待下去了!"

哪怕店长众所周知是亲总经理派,也被我的气势镇住了吧。只有那次,他支持了我。

"我也看到传真了。这件事确实是总经理错了!武藏野书店再怎么说也是一家'书店',敝公司的总经理不该不明白这一点。没事,谷原京子,今天下班后我会去总经理家拜访。"

那是我最后一次感到,啊,真了不起,店长果然值得依赖。

当天工作结束后,店长真的盛气凌人地拜访了总经理家。我不知道两人交流了些什么。

我只知道第二天早晨,店长比谁来得都早,开心地用尺子量着大门旁边位置最好的展示台的尺寸。

我没有问他原因,店长自己说出了口。他完全没有一点要解释的样子,这让我很不舒服,我觉得他彻底没救了。

"呀,没想到敝公司总经理的品位那么好。他让我看了要摆在这里的杂货样品,特别可爱,我真想让你也看看。啊,这样一来，说不定销量真的能夺冠。"

店长大肆夸奖"品位好"，对"销量夺冠"给予厚望的，是我从没见过的绿色小猪形象的周边，我再怎么偏心眼也没法觉得可爱。

小猪的插画、各种透明文件夹、马克杯、笔记本，还有笔袋、挂件，毫不留情地填满了位置最好的展示台，那是我此前精心打理的地方。

"真的，辞职吧。"我情不自禁地自言自语，当时还没离开的小柳姐把手搭在我的肩膀上说："我明白你的心情，但是要辞职也不是现在。"

我感觉自己眼眶发热，带着恳求的语气问她："那，什么时候可以辞职呢？"

"等等，谷原？"

"这不是很过分吗？我们工作这么辛苦，薪水却只有一点点，别人经常挪揄我们吧？说只要用别的什么东西代替薪水，激发书店店员的动力，我们就能毫无怨言地工作。"

"啊，就是价值榨取嘛。只要让我们觉得这份工作有价值，就算薪水微薄，员工们也能开心地工作，有一段时间杂志上经常出现这种言论。"

"我们不是连这份'价值'都被剥夺了吗?"

"什么?"

"没关系,我是自己主动进入这行的。我不在乎薪水微薄,也不在乎被别的行业的人取笑。可是至少要让我感觉到这份工作的价值啊。如果连这点价值都被剥夺了,那我们到底是为了什么在工作啊!我不懂!"

最后,我的语气听起来像是在责备小柳姐。我真的放弃了,我一次次想过辞职,却都没有现在这样强烈。

小柳姐盯着我的眼睛看了一会儿,放弃似的耸了耸肩。然后语重心长地小声说:"我明白了,你辞职吧。"

"嗯?"

"我也不觉得那东西能卖出去。做生意哪有那么容易,糟糕的产品不会因为摆在好位置就能卖出去。所以啊,如果……万一那东西卖得好,就证明我们没有品位,傻瓜总经理和笨蛋店长是正确的,到时候,我们两个就挺起胸膛辞职吧,我也和你一起辞职。"

小柳姐是唯一会对我说这种话的同伴,现在她已经因为其他原因离开了。可是我现在还在武藏野书店工作，就说明绿色小猪杂货系列完全卖不出去。

  这是理所当然的。虽然总经理在传真上说要"充分利用吉祥寺地区时尚的特点"，可是武藏野书店吉祥寺总店本来就处于一个糟糕的位置，前后左右全都是杂货店。土里土气的书店想用杂货一决胜负，哪有那么容易，更何况产品是那个绿色小猪。

  如果被杂货夺走了重要的位置，书的销量一定会下降。总经理和店长难道不明白这一连串的影响吗？什么样的脑回路才能让总经理"对总店的销售额感到相当生气"，说出"对文学类书籍的销售额很不满意"这种话啊。

  我想了很多，却完全想不明白。

  总经理来总店视察了。明明郑重其事地说要"秘密行动""不能让其他员工发现"，结果总经理带着五个西装笔挺、表情严肃的大叔成群结队地在店里走，傻子都知道出大事了吧。

  何况店长咋咋呼呼地在喊"总经理""呀，总经理"。趁着总经理一行人向学习参考书区域走去的空当，店长小声对我说："那位是敝公司的总经理，请你保密啊。"我越来越看不懂他了。

总经理带着秘书和其他店的店长在店里转了个遍，蓄势待发地来到了文学书区域。

虽然此前有各种不满，但真当店长介绍"这是我们店负责文学的谷原京子"时，我还是紧张得身体僵硬。

我第一次见到柏木总经理，他眼神锐利。他穿的双排扣西装平常很难在书店看到，虽然没什么品位，不过看起来挺高级，营造出的压迫感让我愈发紧张。像大豆罐一样魁梧的身材也吸引了我的目光。总经理身上隐约飘出酒香，让我想起他酒品不好的传言。

"你负责文学吗？"

总经理声音低沉，仿佛贴在地上。他对其他员工也会直呼"你"，所以我对这个称呼并没有什么意见。

只是他的音色稍有不同，明显带着怒气，我看到簇拥在他周围的人表情因为紧张而僵硬。

"是的。"

我做好了准备，总经理冲我哼了一声说："你是总店的文学负责人，你有这个自觉吗？"

"嗯？"

"不是'嗯'。我是在问你有还是没有。"

"这个当然有。"

"你这说法是什么意思？"

"我说有。"

气氛变得紧张。在我心里比起胆怯，无所谓的心情胜过了几分。尽管周围的大人物都非常紧张……不，正是因为那些大人物吓得浑身僵硬，才显得有点傻。

我没有什么可失去的东西。既没有需要养活的家人，也没有超过三十万日元的月薪。我本来就是个合同工，最重要的是，我工作时并没有偷懒，不需要被这个大叔训斥！

簇拥在他身边的人越紧张，我越是破罐子破摔。不过总经理可不是会被我这么个小姑娘的气势压倒的人物。

"那怎么会是这个样子？"

"什么意思？"

"我在问你，与去年同月相比只有91%的销售额，你是怎么看的？如果总店就是这副德行，怎么给别的店做榜样！"

明明还在营业中，总经理的怒吼声却响彻整家书店。我知道客人和其他店员全都看向了这边，不过依然直直地盯着总经理。我脸上一定在笑。小柳姐曾经对我说："你知道吗，你真的发火时会笑，瞳孔还是张开的。"

和去年同月相比，销售额降低了百分之九，这事自然需要担心，或许作为负责人应该觉得羞耻，可我绝不会道歉。我知道销售额降低百分之九之多的原因，去年的此时，店里完全没有那种讨厌的绿色小猪。

"你有什么想说的？"

我的喉咙里咕咕作响，紧张感已经完全消失，反而充满了解放感。

这样一来，总算可以辞职了——就在这个念头冒出之后的下个瞬间，有人将手搭在了我的肩膀上。

"谷原京子。"平时就很烦人的声音听起来更加烦人了。我瞳孔放大，拨开了他的手，声音的主人却提高声音喊道，"谷原！"

我仰着下巴转过身，气势汹汹地应了一句"嗯？"店长探着头，唯唯诺诺地垂下了眉毛。似乎对我感到抱歉，又似乎在说他明白我的心情。

他的表情并没有打动我，不过我突然意识到，这是他第一次叫我"谷原"。

下个瞬间，直到刚才还熊熊燃烧的怒火不可思议地消失了。我并没有被说服，只是觉得果然都无所谓了。因为为这种事情生气，我总觉得自己很可悲。

总经理百无聊赖地看着我们之间的交流，又哼了一声说："你叫谷原吧，为了多卖出哪怕一本书，你做过什么样的努力？比如去大书店侦察，你做过吗？我可是转过了不少书店呢。不管是哪家书店，都为卖书下了不少功夫。虽然我还没有亲眼见到，不过神田的自由书店真的很厉害。前一阵子新闻里还做了特辑，那里的'天空树堆法'真是最精彩的部分。如果做出那样的布置，我们书店也有能力一战吧？"

什么叫"我可是转过了不少书店"，撒谎都不会脸红的。总经理的感慨完全没有打动我。

我什么话都没有回，甚至没有附和。他说到一半，我就低头笑了起来，还在拼命掩盖笑容。我已经顾不上回忆小柳姐的话了，要压抑怒火实在太难。

总经理见我没有反应，面露惊讶，对身边的员工说"回去了"。临走前，他看了一眼店长自认为摆得很漂亮的绿色小猪，恨恨地嘟囔着："这玩意儿什么时候摆出来的，就因为它们，销售额才上不去的啊。"

店长搓着手说："您说得对！"这人究竟是来干什么的啊，真是一出闹剧。

总经理一行人离开后，我总算发出了干笑声。

有生以来，我第一次被要求写"检讨书"。我打开店里的电脑，搜索的却是"辞职信"的写法和范文。

我没什么想对公司说的，所以很快就写好了辞职信。之后需要做的只剩下直接递交，可店长偏偏在这种时候又是培训又是出差，我总是抓不到他。

辞职信写好后过了一周左右，一天，我在店里加班，打算在营业时间结束后写几个积攒下来的推荐语。

其他员工都走了，我也换下制服喘了口气。就在这时，身后传来了一个声音："那个，谷原小姐，现在有时间吗？"是打工的大学生木梨。

"啊,是木梨啊,辛苦了。有什么事吗?"

"我有些事情想跟你说。"

"啊,是吗?"我刚打算说要不要一起去店里喝杯茶,结果想起这个月书买多了,还有十天才发下个月的工资,在那之前我每天只能靠二百多日元度日。

"喝茶可以吗?"

"啊,没问题,请不要在意我。"

"没事,我也想喝可可了。"

我把可怜的二百多日元豪迈地扔进了后院的自动售货机里。既然是为了可爱的后辈,不用吝啬一天的生活费。

"来,喝吧。你说有什么事?"

我把热红茶递给木梨,坐在桌子对面。木梨没有穿平时那件朴素的苔绿色围裙,而是穿着一件淡淡的象牙色连衣裙,只从打扮上就能看出她是个家教很好的姑娘,和我不一样。

"我决定下个月辞职。"

"嗯?为什么?"

"托您的福,我找到工作了。"

听了她的话，我想起她经常穿着找工作时穿的正装来上班。当时我还没怎么和她说过话，也没太在意，原来她是在找工作啊。

"说什么托我的福啊，不是谦虚，我确实什么忙都没帮你。找到工作了啊，太好了，什么公司？"

我只是随口一问，可不知为何，木梨却咬紧嘴唇，坚持说"不，是托谷原小姐的福"。

我歪着头，不知道她是什么意思。木梨眼神犀利地盯着我，不一会儿就放弃似的眨了眨眼睛。

"我决定去往来馆了。"

"嗯？"

"我一直在找出版社的工作，却始终不顺利，结果他们在最后一刻接受了我。"

"嗯……是这样啊，恭喜你。木梨，你真厉害，能进往来馆呢，真好。一进去就能拿很高的薪水吧。"

我刚说出口，就屏住了呼吸。我绝对不是在讽刺，可我却没有自信控制好表情。

出版社的工资本来就相对较高，听说最大的往来馆更是其中的佼佼者。木梨现在还是大学生，打工时薪不到一千日元，到了春天，就能通过工作获得令人惊喜的薪水。

我对出版社的人没意见，也没有看不起兼职员工，既然如此，这种郁闷的心情是什么呢？我如今快要二十八岁，辞职信就装在包里，打算明天就做个无业人员，和她一比，笑容自然会变得僵硬。说到底，比较本身就是最糟糕的。

我接下来说出口的话也很过分。

"进了往来馆，要好好给我们店里进书啊。"

木梨的表情扭曲，似乎有些抱歉似的。万一她对我说出"对不起"之类的话，我肯定没办法控制自己的情绪。

当然，木梨是不会践踏别人情绪的。

"面试的时候真的提到了那件事，应该说，提到的是谷原小姐。"

"嗯？等等，你说了什么？"

"在往来馆最终面试时，我第一次提到了谷原小姐。那之前面试的公司也问过不少以前我在书店打工时的情况，可我说不出什么有趣的事。可能是因为如此吧，当往来馆问了同样的问题时，我脱口而出，说到了平常对往来馆积累的不满，以及我尊敬的前辈。"

"不是，你等一下，你说尊敬……"

"我觉得谷原小姐很了不起。虽然这样说挺不好意思的，不过这个公司的高层不是都听不懂别人说话嘛。你独自在其中战斗，读过那么多书，不放弃任何事情，我从你身上感受到了救赎。我在面试时说，一家出版社可以让这样的人失望吗？虽然有的面试官露出苦笑，似乎很为难，不过也有人认真地点了点头。所以我对他们说，如果没有谷原小姐，我早就对出版界绝望了。"

木梨兴奋得满脸通红，实在太可爱了。一瞬间，我为自己庸俗的内心感到羞耻，想说我才是被拯救的人。

我有很多话想和木梨说，其实我完全没有战斗，其实我没有读过那么多书，其实我已经彻底放弃了，而我最想跟这个年轻的孩子聊聊的，是公司里那些听不懂人话的笨蛋。

我想了想钱包的厚度，觉得哪怕这个月不吃不喝也无所谓了。就在我坚定地说出"木梨——"的时候，电话铃响彻深夜的书店，仿佛撕裂了我们之间美好的时间。现在是晚上十点半，电话铃在此时响起，明显不寻常。

我没办法产生好的预感,事实上,打电话的人确实让我不敢相信,电话的内容也让我怀疑自己的耳朵。

我放下话筒,对木梨道歉:"木梨,对不起,你今天可以先回去吗?"

"出什么事了吗?要是方便的话,我也来帮忙。"

"啊,嗯,谢谢你,不过我不能让你帮忙。"

"可是——"

"抱歉,你是兼职员工,我不能让你卷进来。"

木梨的表情还是没有放弃的意思,可我勉强扯出一个笑容结束了对话:"真的谢谢你了,下次再一起去喝酒吧。"

确定木梨已经离开书店后,我给店长打了电话。他正好就在吉祥寺车站附近,于是我锁好门离开书店,在车站和店长会合后,直接坐上了中央线。

"抱歉,刚才在电话里我没太听懂,能不能请你再说一次?"

店长慌慌张张地询问,我也不太明白那通电话的内容。对方自称是"自由书店神田总店",自称是店长的人说"快闭店的时候抓住了小偷""小偷称自己是武藏野书店的人""他喝醉了，语无伦次的""坚持要叫吉祥寺总店的山本猛过来""你们店里有这个人吗？"

我面对惊讶的木梨，不能表现出慌乱。可是，书店店员在其他书店偷东西实在是前所未闻的事。

我觉得一定是有什么地方弄错了，不是我盲目相信，而是作为书店店员，偷书实在是不可能的，我们太清楚这种行为多么令人痛心。

我一边告诉自己一定不是这样，一边冷静地询问对方："山本是本店的店长。抱歉，他有没有报上自己的名字？"

"他完全不打算说。"

"能不能请您问出他的名字呢？"

"嗯，你稍等。"

然后电话那头马上传来了声音"大叔，你叫什么？"不一会儿，两人交流了几句，男人再次接起电话说："我听不太清楚，他好像叫柏木。"

一瞬间，真的只有一瞬间，我松了一口气。武藏野书店吉祥寺总店没有叫柏木的员工，可是……

我屏住呼吸，就算吉祥寺总店没有，武藏野书店确实有叫柏木的人。

解释过后,无论是在电车中,还是在换乘站,包括在神保町车站下车后,我们俩始终一言不发。

虽然已经熄灯,不过不愧是"自由书店",还有专属保安在。我们解释过情况后,保安通情达理地带我们来到办公室,我们在门口紧张等待,很快就有人来了。

来人似乎不是给我打电话的人,一位身材高挑的女人手里拿着一张卡,自动门打开后,我吓了一跳。我在杂志和网上看过很多次那张脸,不过不知道她身材这么好。

"劳驾两位来一趟。"她的语气有几分强势,正是我始终崇拜的那位影响力很大的书店店员,佐佐木阳子。

"请进,屋里黑,请小心。"

我们被带到入口附近,隐约能看到堆得高高的书山。虽然不是电视里的"天空树堆法",不过书不断向上堆起,就像旋转楼梯一样。

她带着我们坐直梯来到四楼办公室,里面充满酒臭味。就在一周前,我闻到过同一种臭味。

"总经理!"

此前始终保持沉默的山本店长大喊一声，他喊得突然，我吓了一跳，在"自由书店"里的两个人睁大了眼睛，不过恐怕是出于不同的原因。

一阵静寂后，佐佐木自言自语地说："看吧，我就觉得不太对劲，是总经理啊……还好没叫警察。"

总经理垂头丧气，摆出一副快要哭出来的样子，无精打采地反复说："我做了什么啊……"

"他是贵公司的总经理吗？"

一名男性目瞪口呆地问，他一定就是给店里打电话的人吧。我在电视上见过他，他胸口的牌子上冠冕堂皇地写着"自由书店·神田总店 店长 田岛春彦"。

平时会骄傲地带着"武藏野书店·吉祥寺总店 店长"名牌的山本猛店长毫不示弱地恐吓对方说："请你们解释一下，究竟发生了什么？"

"呀，解释是可以……"

"好了，快解释吧。根据情况，说不定你们要负责任的。希望你们明白，让敝公司总经理遇到这种事，可不能简简单单就过去了。"

我不由得"啊"了一声,我也不觉得总经理会偷东西。接到田岛店长的电话时,我并没有立刻怀疑特定的人,而是觉得有什么误会,现在我多少想表扬一下自己。虽然我丝毫不信任总经理的人格,不过既然他确实是书店的管理者,就不可能在其他店里偷东西。

不过田岛店长也不会因为想要引人注目或者脑子有毛病而做这种事。"敝公司"的笨蛋总经理肯定惹出了什么会被人误解的麻烦,比他更笨的店长完全没理由恐吓人家。

如果我是"自由书店"的店员,估计会生气吧。田岛店长挑起细长的眼睛,目光愈发犀利了。

"为、为什么你这么盛气凌人啊!我们也是按照我们公司的员工手册处理的,没出任何差错!"

"贵公司的员工手册是什么啊!"

"我、我、我没有义务跟你解释这个!总之,你们公司的总经理醉醺醺地到店里来,拿着书就摇摇晃晃地往外走。"

"这不就是名副其实的偷窃吗?"

"不、不是的⋯⋯当时我的手机刚好响了,我真的没注意手里还拿着书⋯⋯"确实喝得烂醉的总经理拼命想要插话,可他的声音并没有传到两位愤怒的店长耳朵里。

"所以我怀疑他是小偷啊!"

"那别留情面,把他交给警察吧!"

"什么!你在说什么啊?他是贵公司重要的总经理吧!"

"你是会凭借职务判断别人的人吗!"

"你说什么?"

"不管他是不是敝公司重要的总经理都无所谓!一旦你们怀疑他偷窃,就要怀疑到底啊!"

"你知道你自己在说什么吗?"

"知道!"

"啊,算了!警察也好,谁也好,叫吧!"

"哦,叫吧叫吧!警察也好公安也好,把他带走吧!"

"所、所、所以说是误会啊……我……我真的……"

敝公司、贵公司、我们公司、你们公司的一团乱,真是一出精彩的丑剧。跟小说里男人之间帅气的打架相比真是有云泥之别。两名店长的年龄应该差不多,都过于消瘦,皮肤和纸一样惨白,最后纠缠在一起的胳膊看起来真是寒碜。

我觉得无所谓了。就算两个男人在这里打起来,就算警察会来，就算总经理一边呕吐一边发出痛苦的呻吟，这些都无所谓了。

有这种想法的似乎不止我一个。

"喂，我们走吧？"

我慢条斯理地看向声音传来的方向，佐佐木小姐正看着我。她的表情早已不是惊讶或者放弃，而是一脸厌倦。我忍不住笑了出来，因为我想自己的表情恐怕和她如出一辙。

"总觉得无所谓了。"

"确实。"

"你叫什么？"

"谷原，谷原京子。"

"那么，谷原小姐，你能喝酒吗？"

"嗯，能喝。"我回答着，对佐佐木小姐升起了一股亲近感。我也没办法轻易用名字称呼对方，就算在对方身上感受到相似的气息，也没办法把刚刚遇见的人称为"小××"。所以我才会做书店店员……这样说或许有些过，不过我总觉得与他人的距离感和读书的多少之间存在某种因果关系。

走出书店，我对佐佐木小姐提出建议，问她要不要去"美晴"。既是因为我想和她好好聊聊天，也是因为神保町距离神乐坂不远。不过最重要的原因是，我只有在"美晴"可以免费喝酒。

我不知道佐佐木小姐有没有发现我的心思，不过她完全没有怀疑，笑着对我说："好啊，听起来很有趣。"

店里只有老爸和石野惠奈子女士在。挺奇怪的，最近这两个人的关系还挺好。我打开门，老爸明显露出了沮丧的样子，我做出"色狼老爸"的口型。石野女士只是对我点了点头。

用冰凉的啤酒干杯后，佐佐木小姐发出了像大叔一样的声音。

她应该比我大五岁，今年三十三岁，我有很多话想问她。怎么选择想要看的书？作为有影响力的人，站在聚光灯下会不会害怕？如何和作家保持距离？对于结婚是怎么想的？能够一辈子做书店店员吗？一开始为什么会做书店店员……我在脑海中整理好问题，这才想起放在包里的辞职信。

先开口的是佐佐木小姐。

"谷原小姐的店长真够呛啊。虽然我们店长也挺棘手的，不过你们店里那位也挺难应付吧。"

佐佐木小姐真情实感地说完，老爸不知为何插了一句："那家伙够糟糕的。"石野女士噗嗤一声笑了出来。

佐佐木小姐也嗤笑了一声，然后正色道："谷原小姐，刚才那位是第几任店长了？"

"第三任。"

"有靠谱点的人吗？"

"没有。"

"哇，脱口而出？"

"虽然类型各有不同，不过都是笨蛋。"

"就是啊。我也是每个人都不太会应对。我最近想了很多，那些人以前也是员工吧？他们以前也应该会生店长的气吧。"

"嗯？"

"我在想啊，店长是什么时候变成笨蛋的呢？真神奇。是因为笨才当上店长的呢，还是因为当上店长所以变笨了呢？为什么一个两个都是这样。不过在他们看来，说不定我们才是笨蛋呢。"

因为这句话，我确信佐佐木小姐被提拔当店长了，而她坚决推辞。

气氛并没有变得沉闷，我们大口喝酒，边笑边聊。佐佐木小姐没有摆出一副"意见领袖"的架势，只要我问，她什么都会回答，她心中的不满和我这个微不足道的合同工惊人地相似。

我并没有打算讨好她，不过还是自然而然地问出了口："那个天空树堆法是你的点子吗？"

佐佐木小姐一瞬间目瞪口呆，脸色马上阴沉下来。

"怎么会，是店长，我还阻止他说太土气了呢。那种堆法会伤到书，客人也不方便取，不太好吧。啊，不过用来堆天空树的书是我选的。至少这种事要我来拿主意，否则不知道他要堆起什么不得了的书呢。"

"现在堆的书是'系鱼川断层'什么的吧。"

"嗯。你看过吗？"

"看过，还看过你的采访。"

"怎么样？"

"特别好，算是我最近看到最好的书了。"

"真的吗？不是因为顾虑到我？"

"不是不是，说到书的感想，我只撒过一次谎。"

"啊？什么？什么意思？"佐佐木小姐兴致勃勃地问，于是我毫不隐瞒地告诉了她，前段时间富田晓老师签售会的经过。

佐佐木小姐的表情渐渐扭曲，然后突然迸发出笑声，笑得我都不好意思了。

"你等一下！邓丽君！"我以前听到过同样的话，恍恍惚惚地移开了视线。当然，和她一样大笑过的石野女士正在独自啜饮啤酒。

"哈哈，太滑稽了，笑死我了。"佐佐木小姐的这句话开启了话头，我们聊了很多关于书的事情。最近看过的有趣的书，改变人生的一本书，过誉的作品，信任的作家……孤独感迅速消失，我仿佛置身事外一般，心想："啊，就是这么回事吧。"

对职场环境有不满，对自己的未来感到不安。想要的书没办法随心所欲地购买，要是随心所欲地买下，生活马上就会变得拮据。没有值得依靠的上司，总之就是店长笨死了。

尽管如此，在书店工作就是为了能和别人尽情讨论喜欢的书，哪怕对方和自己不在同一家公司。

如果说这就是价值榨取的话，那无可厚非。可只用这句话没办法形容我们的工作，我们因为喜欢书，才会和同样喜欢书的同事一起在书店工作。尽管没有小说里的书店店员那样闪闪发光，可是只有在谈到书的时候，心里会感到格外兴奋。

"我能也问你一个问题吗？"佐佐木小姐突然表情严肃地问。

"好，什么问题都行。"

"你是不是想要辞职？"

"嗯？"

"谷原小姐……我可以叫你京子了吧，因为你和我很像，所以我多少能懂你。你的辞职信一直装在包里吧？如果是这样，你一时半会儿还交不上去的。你知道我的辞职信在包里放了多少年吗？五年哦，放着放着就该退休了。"

就在佐佐木小姐开玩笑的时候，我放在桌子上的手机振动了。几乎与此同时，佐佐木小姐的手机也响了。

我们都看向屏幕，果然同时叹了一口气，佐佐木小姐一定也收到了同样内容的邮件。

邮件里添加了照片。究竟发生了什么反转才会变成这样呢?我们武藏野书店的山本店长和"自由书店"的田岛店长正开开心心地搭着肩膀举起啤酒杯。

正文只有一句话。

"我们和好啦!"

这张地狱图一样的照片,不会是敝公司的总经理拍的吧。想到这里,我不由得和佐佐木小姐对上了目光。

我脸上的表情一定和佐佐木小姐一样,想笑,又有些无话可说。

# 第四章

## 销售员笨死了

"各位最近太懒散了！"店长手上没拿麦克风，反而让人觉得不可思议，"太没精神了！就连对各位有爱的我都是这样想的！你们觉得客人们会有什么感觉呢？"

山本猛店长的声音洪亮，简直就像在做选举演讲，他的话语却从我眼前无聊地飘过。

"请站在对方的立场上想一想。如果大家信步走到一家咖啡馆、一家百货公司、一家居酒屋，里面的店员百无聊赖地工作，你们会怎么想？会不会觉得再也不要来这家店了？而且那位客人可能一年只会来书店一次。不仅武藏野书店会失去那位客人，说不定整个书店业界，甚至整个出版业界都失去了一位重要的客人！"

店长的说法正确而不容辩驳，可我丝毫不为所动。

"大家应该不会不明白这个道理吧。"

店长夸张地抬起头,用拇指擦了擦眼角。早会要延长了,每当店长陶醉在自己的早会中时,一定会做出这个动作。

"我始终认为,爱书的人大多能够想象他人的心情。不,说始终认为并不准确,这是我爱过的一位女性常说的话。大家当然都是爱书的人,既然如此,为什么不能站在客人的立场上考虑问题呢?我实在感到不可思议。"

爱过的女性,恐怕指的是从前在武藏野书店工作的小柳真理吧。

明明是单相思,在说什么啊。店长玷污了重要的前辈,这让我心中萌生出一股厌恶感,可是喉咙里并没有像往常一样咕咕作响。

惊讶地看了一圈没有丝毫回应的店员们之后,店长深深叹了一口气。

"谷原京子,你认真听我说话了吗?"

店长叫了我的名字,这个事实仿佛发生在遥远的国度。身边的正式员工小野寺叫了我一声。

"啊?"

"不要啊了，店长在叫你。"

"怎么了？"我粗鲁地问，店长惊讶地盯着我。

"你在发什么呆啊？你这样我会很为难的。武藏野书店吉祥寺总店可是靠你谷原京子支撑的啊。请你认识到这一点。"

"是啊，抱歉。"我坦率地低下头，不仅是店长，我看到的所有店员都带着诧异的表情。

"怎么了？出什么事了？"

"没，什么事都没有。"

"如果你有烦恼，一定要告诉我，我不允许你一个人承受。不只是谷原京子，这里的所有人都是我的女儿，是我的儿子。如果大家有烦恼，一定要向我坦白，否则就相当于否定我这个人的存在。"

又说这种夸张的话……我并没有这样想。也没有觉得店长的态度居高临下，我心中甚至没有产生疑问，这里连一名男性员工都没有啊，谁是你儿子啊！

店长带着训诫似的表情点了点头。

"我明白你的心情。年轻时，我也有过做书店店员之外的梦想。因为种种机缘和不幸，再加上他人强烈的恶意，我的梦想化为泡影，可是现在，我以书店店员这份工作为荣。梦想是梦想，现实是现实，大家不能分开来看吗？"

我不知道他为什么突然说出这么一番话，可这完全是误解。我并没有梦想，如果"成为书店店员"可以称为梦想，那么我如今已经实现了梦想。

虽然我生出了几分想要否定的念头，不过店长的视线已经满意地转移到其他员工身上。然后，他缓缓将手放在柜台上说："抱歉，小野寺浩子。能请你把这个贴在店里吗？是有线电视的通知，虽然我真的不想贴太多这种东西，可今年是敝公司的总经理做干事。"

小野寺点了点头，从店长手中接过卷成筒状的大纸。我想，今年也到了这个时候啊。每年春天，当地有线电视台主办的才艺展示大会海报就会贴满店里的每一根柱子、每一面墙壁。

我茫然地盯着店长，看着不知为何一脸寂寞的店长，心中想的是今天一定要辞职。

我成为武藏野书店的合同工已经六年了，心里一直在"我要辞职"和"再坚持一下吧"之间徘徊。

我不知多少次生出了辞职的念头,东京没有太阳花盛开真是太好了。如果这里开满了太阳花,我一定已经摘下了几千、几万朵花,当然是为了占卜。就像恋爱中的少女数着花瓣说"喜欢""讨厌"一样,我恐怕会将"辞职"还是"不辞职"交给花瓣来决定吧。

冬天,我写了"辞职信"来代替"检讨书",却因为遇到了"自由书店"那位有影响力的书店店员佐佐木阳子而扔掉了那封"辞职信"。

"当我们把辞职信收回包里的时候,就注定没办法辞职了。随着时间的流逝,我们背负着沉重的东西,不如意的事情也逐渐增加。会越来越觉得领导愚蠢,觉得忙忙碌碌的自己像个傻瓜。可是啊,越是被这样的情况逼迫,书就会显得越珍贵。或者说,能够拯救自己的故事会像找准了时机一样出现。真的很不可思议啊。"

在我父母的小餐馆"美晴"里,佐佐木小姐一边喝日本酒一边语重心长地唠叨。她的一举手一投足都令我陶醉。这就是在出版界备受瞩目的、有影响力的店员散发出的气场吗?她的举止有着和前辈小柳姐不一样的威严,看着她我的心怦怦直跳。

佐佐木小姐大口喝下剩余的日本酒，用预言似的口吻说："小京子，你大概没办法辞职哦，因为你身上和我有着同样的气息。真到了撑不下去的时候，一定会有人来帮你，而且是不寻常的人，用不寻常的方法。对我来说，那个人是在我进公司第四天时来打工的男孩子。他冲我一通说教，简直难以置信，虽然不甘心，可他的话都是对的，让我无言以对，顺带一提，那孩子倒是在上了六天班之后无缘无故地辞职了。小京子多半也会像我一样吧。"

佐佐木小姐自顾自地说着，然后咯咯笑了起来。我也和她一起笑了，并且模模糊糊地开始做梦。对我来说，那个"不寻常的人"会是谁呢？"不寻常的方法"是什么呢？

我一边想，一边从包里取出辞职信，扔进了"美晴"的垃圾箱里。

从第二天开始，我在工作中改变了态度。对环境的不满和不平神奇地消失了，我一点点取回了原本已经彻底失去的同事们的信任。就连无视我的矶田也跟我说："谷原小姐，总觉得你最近状态不错啊，闪闪发光的。"一切的确都很顺利。可是……

那样"闪闪发光"的日子持续了一个月左右，然后突然宣告结束。一切的开端是我发现了横亘在自己和佐佐木小姐之间的明确差异。

那天，我像往常一样在加班结束后回到家。因为奢侈地请矶田在"伊莎贝尔"吃了一顿，所以在发工资前的一周里，我每天只能靠三百日元度日。

没办法，我只好去便利店买了一个饭团、一个煮鸡蛋和一罐蔬菜汁，这事本身很平常，不会对我的精神造成影响。

问题在于，吃饭前我悠然自得地泡了个澡，因为明天休息，于是久违地做了护肤，终于要吃饭时，事情发生了。

"我要吃了。"我特意对自己说，耳边传来了收到手机邮件的声音。时针正好指到零点。我拿着饭团，用另一只手抓起手机。

"京子，二十九岁生日快乐！现在我们两个正在举杯庆祝，希望你下一年过得精彩。"

邮件里带了照片，老爸满面笑容地拿着老妈的遗像。

就在那个瞬间，我的肚子叫了一声。我真的忘了，过了零点，我就二十九岁了，从老爸那里听到这件事，右手的饭团突然变得寂寞。

二十九岁。也就是说,明年的今天,就在这个瞬间,我将会迎来三十岁。那时我会不会依然没有恋人,只能收到亲人的邮件祝福,独自在旧公寓的房间里大口吃饭团呢?

就在我产生疑问时,毫无预兆地,我和佐佐木阳子决定性的不同摆在我面前,那就是合同工和正式员工的区别。

以我进入二十九岁的这天为界,此前开朗愉快的日子发生了翻天覆地的变化,我陷入了有史以来最严重的低谷期。

工作的动力彻底消失,我只能感到不满。我再次与后辈们拉开距离,矶田还跟我抱怨:"总觉得谷原小姐最近状态很差啊。你在赌什么气呢?"

可我没办法振作起来。心中突然萌发出的雀跃情绪仿佛被寒冬的阴影一口气盖住了,那是一股强烈的"焦虑"。这种状态要持续到什么时候呢?也许比周围的人更晚感受到这种情绪,当下工作与生存的问题第一次在我心中交织在一起。

突然,我对自己不稳定的立场产生了恐惧。我工作的武藏野书店不知道算不算大公司,合同工的时薪是九百九十八日元。刚走出大学进入公司时,我曾天真地感到欣喜,觉得"我可以拿到这么多钱吗",可是如今已经过了六年,时薪连一块钱都没有涨过。

当然,以前我也对待遇产生过不满。我要担负的责任和正式员工几乎没有区别,很多正式员工的能力明显不如我,可我就连喜欢的书都没办法尽情购买,这样的生活肯定不对。

尽管如此,关于这一方面,面试时对方已经再三提醒过我了。

"谷原小姐是和父母住吗?我一开始就要跟你说清楚,如果你是一个人生活,金钱方面会很拮据。如果你和父母一起住,我们衷心希望能和你一起工作。"

其实我和老爸有个约定,大学毕业后要独立一次试试,所以必须离开家。可是大书店的面试全部落选,更重要的是,我当时希望能在那年不招收正式员工的武藏野书店工作,准确来说是想在有小柳真理在的书店工作,于是挺直了腰板说:"对!我父母家在神乐坂,完全可以从那里通勤!"

我不认为自己当天的决定目光短浅,也不后悔当时撒了谎。实际到手的工资有十五万日元左右,去掉五万日元的房租,再付掉其他各种各样的生活费,剩下的钱少得可怜。再加上有想买的书，自然不可能存下钱。

可我还是喜欢书，喜欢油墨的香气，喜欢纸张的触感，最重要的是喜欢故事本身，我仅凭这个理由战斗到现在。

可是当我强烈地意识到自己已经迎来二十九岁，即将迎来三十岁的瞬间，此前支撑着我的东西哗啦一声分崩离析。"喜欢书"这一点一旦被突破，我将无法继续战斗。

从这个冬天到春天，连续发生了三件事，彻底为我的情绪定下了基调。

第一件发生在去年十二月。不仅在武藏野书店，全日本的书店店员都觉得"年底真够呛"。我不知道出于什么原因，不过全体员工接到要求，必须强制购买出版界最大的出版社往来馆出版的杂志——《Let's go 夫人》新年特辑。

不，不知道出于什么原因的说法并不正确。解释起来实在让人厌烦，一部分出版社和书店之间存在"红利"系统。

如果出版社有非常想卖出的书，或者要开促销会，就会增加特别条件，向书店提供"红利"，比如："1.〇〇期间。2.如果能订购××本。3.卖出一本提成△△。"等。

我只是一介合同工，不知道往来馆会为《Let's go 夫人》支付多少红利。

不过不难想象，这笔较平时更丰厚的红利能够拯救公司。正因为如此，在众多杂志中，总部只选择了《Let's go 夫人》，对员工提出了指标要求，想要多卖出哪怕一本。

一本一千四百日元的杂志，要求购入的具体数量是正式员工每人五十本，合同工每人二十本，兼职员工每人五本。

每人买入规定的本数，推销给自己的朋友和熟人。我不想在这种事情上费力，每年都把书塞进公寓的壁橱里，不过小野寺甚至不想在家里看到它们，会让她母亲分给家里的亲戚。当然，我不知道会不会有内心强大的人把买来的杂志卖出去。

不，不对，我只知道一个人。认真执行员工购买制度，武藏野书店忠实的"拥趸"，我们的山本店长在早会上说："这不是让大家分担销售额的任务。不，当然也有这个原因在，不过目的不仅仅是红利。我想敝公司总经理的想法是，希望大家通过亲自卖掉一本一本的书，深切感受到平时客人主动来书店是多么值得感谢的事。虽然红利也是重要的因素，不过总经理的目的并非拿到红利。"

店长说了太多次"红利",反而给员工带来了冲击。不过在这件事上,店长自己倒是开开心心地买下了远超五十本指标的二百本,真的卖给了朋友和熟人,让人找不到发泄不满的出口。

多说一句,我在这件事上并没有要对公司和总经理抱怨的话。这段时期,不仅仅是武藏野书店,如果浏览全日本书店店员的社交软件,就会看到一条又一条,对往来馆和《Let's go 夫人》的诅咒、诅咒、诅咒……

"别开玩笑了""我怎么可能会做这种事""冬天忧愁的风物""太傻了,我辞职了""我第一次看到后辈流泪"……不是夸张,北到北海道,南到冲绳。看到同业者对往来馆的一桩桩、一件件怨恨和心酸,我多少感受到郁愤发泄后的畅快。

顺带一提,去年我的冬季奖金是两万九千九百日元。花在《Let's go 夫人》上的钱是两万八千日元,剩下的一千九百日元,我请矶田在橙色招牌的牛肉饭店里大快朵颐,对她说"尽管吃"。

奖金的定义是什么呢?

这种"红利"和"员工买入"的制度究竟会让谁感到幸

福呢？

回答我的疑问的是某家中坚出版社的销售，他来店里推销下一年的手账。

那天，他看见收银台旁边的手推车里面放着十来本《Let's go 夫人》，故意自言自语地说："哇，这里真好。如果能把我们的手账放在这里就好了。"然后拍了拍手。

"原来如此！也就是说，只要我自掏腰包买下这台手推车里的十本杂志，这台手推车就空下来了对吧？"

"这是什么意思？"我不明所以地问，他的嘴角浮现出与生俱来的、恶作剧似的笑容。

"你看嘛，谷原小姐，你们必须卖完这里的《Let's go 夫人》，所以才把它摆在最好的位置吧？既然如此，我全都买下来。条件是在空下来的地方摆上我们的手账。这样一来，武藏野书店卖掉了杂志会很高兴，我也会因为自家出版社的商品引人注目而开心，就是所谓的'双赢'吧。"

他单方面地滔滔不绝，我没办法跟上他的思路。尽管如此，不知为何，他漫不经心加上的一句话刺中了我内心深处的一部分。

"不过，我总觉得有些想不通，为什么必须为了比自己工资高的人自掏腰包。"

"嗯？"

"不是，我自己说出的话我当然明白。可是，这不就相当于我在给往来馆的员工支付奖金吗？"

他在员工里没什么人望。工作明明比别人努力一倍，却不受欢迎，就是因为他总说些不够体贴的话。

他和平时一样喜欢说话，我明白他没有别的意思，也没有恶意。所以明明只要像平时一样呵呵一笑随便附和两句就好，我却正经八百地思考起他说的话。

我以前从来没有想过。我在给往来馆的员工发奖金吗？我这个穷人花掉自己的奖金，买下根本不想要的杂志，为他们富裕的生活买单？我真的没有想象过吗？难道不是因为害怕感到绝望，故意不去想吗？

我脸颊抽搐，直到最后都没办法顺利笑出来。当新年到来，店长开心地说着"这是公司给大家的红利"，我双手接过装在夸张的信封里的 1400 日元时，恐怕带着同样的表情吧。两万八千日元只值这个，我甚至不知道露出什么样的表情才正确。

让话题回到"从这个冬天到春天,让我内心受挫的三个理由"吧。第一件是《Let's go 夫人》,第二件更加简单。二月份的薪水太少,我实在受够了。

这是赚时薪的人的宿命,应该不需要过多解释了吧。二月天数少,合同工和兼职员工的工资都会减少。特别是今年机缘不好,二月的工资还不到十三万日元。十五万日元都只能让我勉强糊口,这下要怎么生活呢?我有生以来第一次经历字面意义上的"抱头烦恼"。

仅仅是这两件事,就让我受尽了挫折。可是我还面对了第三件让我内心受挫的决定性事件。

五月,新一年的五月,书店里的柱子上贴满了之前说过的有线电视海报。

锋利的匕首从意想不到的方向飞来。

黄金周结束后某一天的早会上,店长心情愉悦地说起了一件事:"今天,往来馆的山中先生要来拜访,我会负责接待他。对了,谷原京子也一起来怎么样?"

"我吗?"

"嗯,他好像会带来下个月发售的文学书的传单和校样。往来馆似乎对那本书给予厚望,我想让你听听。"

"是吗,我明白了。"我嘴上答应着,可是心里一沉。在此阶段,我完全没有好的预感。

无论有多么想要推广的作品,往来馆的人都很少会到武藏野书店来。

不,以前应该有过一次吧。大多数情况下,他们只会发来新书的传真,而且就算我们在传单上填好希望采购的数量发回去,往往还是无法顺利进货。故意不到店里来,不寄来希望采购数量的书都是出于同样的原因,往来馆看不起武藏野书店。

所以我几乎没有见过负责武藏野书店销售的山中先生。尽管如此,我还是能够断言,他是我讨厌的销售员类型,不对,他是我讨厌的人,自命不凡,看不起别人。虽然私人情绪不应该带到工作中来,可是我也有自己的好恶。

山中先生偏偏选在了傍晚最忙的时间过来。明明一看就知道收银台前排起了长队,他还是毫无顾忌地过来搭话:"承蒙关照,我是往来馆的人。打扰一下,前几天我和山本店长约好了，请问负责文学书的谷原小姐在吗？"

我明明见过他两三次了，结果他似乎并不记得我。我并没有感到尴尬，不过还是连看都不想看他。

或许大家会觉得意外，不过出版社的销售大多会放低姿态。如今和过去完全不同，不再是书只要放着就能卖出去的年代，至少从我进武藏野书店以来，几乎没见过趾高气昂的销售。

当然了，放低姿态不意味着他们会平等看待我们这些店员。他们或许只是觉得放低姿态更好做工作，或者是希望让气氛更加和谐。

无论他们再怎么低三下四，销售员的立场基本上都处于优势。不仅是立场，工资、社会地位、浑身散发的自信，甚至身上穿的衣服……

我并不想和别人比较这些，也不是希望自己能在出版社工作。在书店工作本来就是我的梦想，没道理嫉妒他们。可是我为什么会心烦意乱呢？我明白，全都是因为我最近快要饿死了。

终于接待完了最后一位客人，我做好心理准备，转向山中先生。山中先生是个表情坚定的人，不会露出亲切的笑容，也不会板着一张脸。

"承蒙关照。我是往来社的山中，今天带来了一名刚进公司的新人。"

听着山中先生的话，我的目光钉在了他身后的女性身上。她穿着崭新的西装，愉快地拿出名片。

"今天，您百忙之中抽出时间来见我，真的十分感谢，请多关照！"

我茫然地接过名片，心想：我为什么擅自认为她会被分到编辑部呢？

我紧紧盯着名片，直到今年春天还在武藏野书店打工的木梨祐子温柔地对我说："我以这样的方式重新回到店里来了。谷原小姐，以后请多关照。"

我露出意义不明的笑容，重新看向名片。象牙色的厚纸上印着"木梨祐子"的名字，和往来馆的公司章摆在一起，不知为何，看起来很漂亮。

最后，我还是凭借职务判断别人了。面对出版社、面对销售，我没有骨气地抱有没用的自卑感。

一股情绪渐渐涌上心头,我究竟算什么。拿着名片的手在颤抖,我对自己感到失望。

店长将两人带到后院,他的情绪异常高涨,开心地招待两人。

山中先生似乎也不记得店长了。他取出名片,刚说出:"初次见面,我是往来馆的——"店长就毫不留情地说:"呀,山中先生,欢迎欢迎。好久不见!身体还好吧?还在冲浪吗?"

一瞬间,山中脸上露出尴尬的表情,不过马上换了话题:"嗯。今年黄金周我难得休假,带着妻子去了好几年没去过的夏威夷冲浪。"

"哎,真羡慕你,怪不得,你比上次见的时候黑了。"

"是吗?因为怕影响工作,我还往身上涂满了防晒霜呢。"

"啊呀,我懂。夏威夷啊,真好,我也想去一次。我就是瞎忙活,又没钱又没时间。木梨祐子小姐也好久不见了,啊,你不会也去国外了吧?"

店长不知道在高兴什么,发出豪爽的笑声,他家里的字典上恐怕没有"自卑"这个词吧。

我心里依然很乱。划过脑海的自然是《Let's go 夫人》。山中先生是正式员工,就职于《Let's go 夫人》的出版社,在黄金周带着妻子去了夏威夷。

我明白,我的想法太武断,无论我在哪里,做着什么样的工作,山中先生都会在今年的连休假里去夏威夷玩儿。我完全不嫉恨他,也不像店长那样羡慕。

然而不幸的是,我这个连休假的日程很满,两个兼职学生一个接一个擅自辞职,我受此事的余波影响,只得连续工作,一天都没有休息,几乎每天都在加班。

客人的数量也比往年更多,偏偏又是往来馆的书畅销的时期。我都不知道包装了多少本往来馆的书。当然了,这与本店的销售额有直接联系,原本是件值得高兴的事,我应该举双手庆祝才对。

虽然脑子能理解,可我的心情依然越来越郁闷。看到山中先生鼻子上隐约的晒痕时,我的心被某种东西击中了。

我冒昧地想到了山中先生的妻子,那个既没有见过、也没有想过,甚至毫无兴趣的人。

我擅自将他的妻子设想成和自己年龄相仿的人,名字叫"梨花",有一个在贸易公司工作的父亲和做家庭主妇的母亲,还有一个比她小两岁、关系不错的弟弟。从记事时开始,她就总是会在意男人的目光,身边围绕着一群漂亮的朋友。

她进入了一所历史悠久,不过不算太好的私立女子中学,直升高中后开始做读者模特,美其名曰"社会体验"。

从横滨当地的杂志开始,她做模特的杂志"档次"越来越高。当她自从进入名声在外,成绩却并不出色的附属女子大学时,她一直向往的往来馆女性杂志向她提出了邀约。

在拍摄现场,她遇到了命中注定的男人。他喜欢冲浪,是个花花公子,一开始不怎么注意她,可是因为她不会轻易答应和他一起吃饭,这件事似乎起了作用。

当她注意到的时候,他已经对她认真了,尽管如此,她依然不断告诉自己要慎重,要慎重,两人最终在男人三十五岁,梨花二十四岁的时候修成正果。

两人在皇室御用的妇产科生下了一个女儿,今年三岁,正好是最可爱的时候。孩子他爸也戒掉了爱玩儿的毛病,一心疼爱着女儿"真利爱",今年黄金周,一家三口时隔许久,又去了充满回忆的夏威夷，那是两人举行结婚典礼的地方。

虽然身体和结婚时相比变差了些，不过孩子他爸冲浪时的样子还是很帅。上次来的时候，真利爱还没有出生，现在两人正并排躺在遮阳伞下面，争论孩子他爸更爱谁。

"绝对是真利爱！真利爱要和爸爸结婚！"

生气的女儿简直太可爱了，可是梨花还是有些害怕，害怕女儿有一天会真的和自己争起丈夫来。自己能担心这些事情，是幸福的吧。

谢谢你，孩子他爸……我在心里嘟囔着，我只要有孩子他爸和真利爱就够了。

可是，哪怕是偶尔一次也好，带我去夏威夷玩一玩吧。约好了哦，我只需要这些就足够幸福了。

当我回过神来，已经将自己代入"梨花"的身份。那是多么充实的人生，是像电视剧一样光辉灿烂的人生，不需要能够救赎自己的故事，也就是不需要小说。

我茫然地低下头，不知道为什么，身材瘦弱、穿着寒酸西装的"孩子他爸"正在介绍新书，鼻子上的晒痕比刚才更明显了。

我觉得是自己微薄的薪水负担了他们去夏威夷玩的费用,情绪越来越不正常。

怎么样,梨花?用我买《Let's go 夫人》的钱去夏威夷玩儿得开心吗?

喂,真利爱,你知道吗?你那些柔软的尿不湿都是用我买《Let's go 夫人》的钱买下来的。

我的精神一团糟,现在就想叫出声来。所以完全没有注意到对方说的"已经到这个季节了呢"这句话。

咕咕,我的喉咙深处久违地发出低沉的哀号。我低着头转过身,木梨正带着温柔的笑容说:"真怀念啊。去年,谷原小姐大发雷霆呢,说着'本来就俗气的店变得更俗气了,饶了我吧'。"

我茫然地看向木梨视线的方向,墙上贴着海报。是有线电视台主办的才艺展示大会的通知。

看到那幅照片,泪水终于滑过我的脸庞,照片上是去年的冠军。

直到刚才一直占据着我脑海的、夏威夷碧蓝的大海突然一转,变成了一群不认识的大叔在公民馆手握麦克风,自我感觉良好地唱歌的样子，我心中涌起一股强烈的悲哀。

五月的一天，往来馆的两位销售拜访武藏野书店。介绍完新书后，就像看准了山中先生和店长会再次开始闲聊，木梨开心地对我说："谷原小姐，今天有时间吗？我今晚有空，方便的话，工作结束后一起去吃饭吧！"

我隐约预感到她会说这些，不自觉地想要避开。压抑住情绪，我努力恢复平静。

"啊，抱歉，我今天有约。木梨，要是你今天来之前告诉我一声，我就会把时间空出来了。"

我不觉得自己的借口糟糕，我的笑容应该挺完美的，还努力装出了不满的口吻。

尽管如此，木梨还是紧紧盯着我，她犀利的眼神仿佛在探寻我的内心，我几乎要退缩。

我明白，她看透了我的不安。木梨突然移开视线，尴尬地摸了摸鼻尖。

"是不是因为还没发工资啊？"

"什么？"

"如果你是因为工资拒绝我，我就太难过了，今天邀请你就是为了道谢。辞职前，我不是说过吗？拿到第一笔工资后绝对要请谷原小姐吃饭。我能到往来馆工作，都是托你的福嘛。"木梨流利地说。看起来比在武藏野书店打工时自信得多，是不是因为我有了先入为主的观念，觉得她现在已经是"往来社的员工"了呢？

老实说，面对她露骨的说法，我有些生气。木梨当然知道我的工资很低。也知道我在发工资之前一定会缺钱，现在正好到了发工资前的时候，我肯定为了想买书而烦恼，最后一定买下了书，结果甚至没钱吃饭。

木梨什么都知道，是我毫无保留地告诉了她，现在没道理因为她怜悯的目光而发火。

可我还是仔细想了想，我能爽快地说出口，是因为对方和我一样在武藏野书店工作，是我的同伴木梨。当业界最大的出版社往来馆的正式员工居高临下地表示同情时，我就会生气。

《Let's go 夫人》再次掠过我的脑海。我在心里抓住这个进公司刚刚一个月的姑娘不放，迁怒的情绪让我的呼吸变得沉重。

木梨放弃似的叹了一口气:"那你什么时候可以和我吃饭呢?"

我搞不明白自己了。木梨的声音让我厌恶得不得了,或许只是因为我自己被自卑的情绪纠缠,可我就是觉得她的态度有几分傲慢。

如果这种不协调的感觉真的是由于木梨发生了改变,那么究竟是什么,让这姑娘在短短一个月里变了呢?在武藏野书店打工时,木梨应该是个腼腆的姑娘才对啊。

她总是一脸不安,不过透过长长的刘海,那双眼睛比谁都看得清楚。她很体贴别人,总是能做出准确的汇报。

她能和人保持合适的距离,不近不远,所以像我这么认生的人,都能和她成为朋友。小柳姐辞职以后,我在武藏野书店里最信任的人,恐怕就是这位最年轻的兼职员工了吧。

在我看来,她仅仅一个月就变了。至少她以前不该是会放弃似的问出"那你什么时候——"这种话的姑娘。究竟是什么改变了她?往来馆的精神该不会早早地就种在她心里了吧。

我避开木梨的视线,无力地说:"下周三以后吧。"

结果，我说出了发工资之后的日子，太难为情了，空气中再次传来叹息声。

"我说了——"

"不仅仅是因为钱。因为难得见到你，我想看过校样再去。"

"什么？"

"你今天不是送来校样了吗？我看书不快，所以想给自己多留点儿时间。"

我恳求地抬起头，木梨没有说话，紧紧盯着我。我没办法从她的表情里看出她的想法。

沉默片刻后，木梨说："我来决定饭店可以吧。"

我抑制住失望的情绪摇了摇头说："不，希望你能让我来定。"

"不要，我想向你道谢，要是让你来定，肯定会放水的吧。"

"什么意思？"

"就是说你会选一家便宜的店，不给我造成负担。难得能请你吃饭，选一家高档的饭店，吃些美味的食物吧。请不要抱着戒心，我真的只想谢谢你。"

在这个比我小六岁的姑娘眼里，我究竟是什么样的人呢？她觉得我有多穷啊？

就算和她去吃饭,我也打算自己出钱,如果不行,至少要AA制。可如果是这样,我无论如何都没办法去她想要的"高档饭店"。就算AA制,我现在也负担不起。和在大公司拿着高工资,比我年龄小的人一起吃饭的时候,应该选择什么样的饭店才对呢?我找不到答案。

离开书店时,木梨一本正经地提到了正事。

"其实我本来不打算说的,因为不希望你先入为主。刚才那份校样是我说服山中交给武藏野书店的。我有自信,你一定会喜欢那个故事。我也觉得被分到书籍销售部门后负责的第一本书是它,是件幸运的事。请你看看这本书,我期待听到你的感想。"

我直到最后都没能顺利做出回答。只是感觉木梨主动握上来的右手很温暖,和她白皙细腻的皮肤给人的印象不符。

一周后,我来到了木梨指定的银座意大利餐厅。她给我发来的消息上也说了"难得来一次"。光看网上查到的餐厅的照片和菜单,应该不是那种装模作样的饭店。

不过银座这条街和前几天的对话彻底吓到了我,我甚至都打算去买件新衣服了，结果又转念一想，有这些钱不如去买单，所以还是从衣橱里拉出了一件虽然已经是旧款，不过看起来挺高级的衣服，迈着沉重的脚步向银座走去。

本来今天就让人郁闷。当然了，要见木梨这事本身也让我心情沉重，不仅仅是因为前几天发生的事情。

几天前，我为了静下心来读书，回到了久违的父母的"美晴"餐厅。自从一口气看完大西贤也老师的《吹向带篷马车的风》之后，店里的柜台就成了我的最佳读书环境。

那天，我依然一边捏着老爸炸的肉饼一边看校样。往来馆的这份校样是木梨口中"绝对是谷原小姐喜欢的故事"，作者是出道十年之久的中坚作家本乡光。

书名是《偶尔像没有母亲的孩子，或者都市症候群》。自从宫城莉莉的《系鱼田断层连续韭菜杀人事件》大爆之后，这种有几分老派、不明所以又特别长的书名就开始流行。

直白地说，看到书名时我已经开始感到闹心。就算这不是小说家的本意，我也不希望他们做这种模仿他人的行为，小说家本该是一份将唯我独尊发挥到极致的工作。

毕竟就连宫城老师本人的第二部作品都起了一个清爽的标

题《散花》,并且再次畅销。《偶尔像没有母亲的孩子,或者都市症候群》这个题目中,作家出道十年依然没能畅销的焦虑扑面而来,我实在喜欢不起来。

内容同样是相似的模仿。东京平民区一栋旧空屋里,六个为各自家庭的不和而苦恼的年轻人组成了一个模拟家庭,这个主题本身很现代,确实是我喜欢的类型。

可我为什么难以读下去呢?不知道是因为频频出现的比喻,还是老套的表现形式,总之我就是看不进去。老实说,我的内心毫无波澜。

我带着可能会很有趣的心情读下去,却完全不觉得有趣,就这样平静地读到了最后。这时,今天也独自前来的老顾客石野惠奈子女士苦笑着问我:"我只要看到小京子的表情,就能知道书是好是坏了。就这么糟糕吗?"

"不是,倒不是很糟糕。怎么说呢,我也不太明白。"

我的目光落到了校样上。上面是责任编辑热情的亲笔推荐。"我见证了一个人才能开花的瞬间""内容、文笔、表现、标题,几乎没有需要挑剔的地方""我想就着这本书,和书店店员喝一杯"……另外,给我最后一击的是下面这句话。

"我可能是为了卖出这本书才成为编辑的吧。要是能遇到能和我产生共鸣的书店店员，就是最幸福的事情了。"

每一句话都让我感到孤独。当然了，编辑会不顾一切想要卖出自己负责的书，有人只是为了引人注目，就会夸张地吹捧，也有人会毫不在乎地说谎。

可是从只有文字的封面上，我没有感受到编辑的算计。我感觉她是纯粹陶醉于作品中，无论如何都希望让我看到。

或许正因为如此，我在看之前就提高了期待，没办法保持平常心去看，这就是之前提到过的"谷原效应"吧。

说到底，每个人对书的感想千差万别。对一个人来说能够成为救赎的故事，对另一个人来说或许值得强烈批判。网上的书评就是最好的例子。我觉得优秀感人，得到一定数量的评论的故事，大多评价很两极。最终几乎都集中在"3.5 分"左右。我和小柳姐将这称为"3.5 理论"。

所以我并不害怕自己的感想和他人不同。让我感到不安的是，我会不会擅自产生偏见，戴上有色眼镜在接触作品。

这本书的"偏见"自然是我对往来馆的厌倦，是从《Let's go 夫人》那件事开始的一连串不信任感。当我因为自己不稳定的工作和看不见的未来而感到恐惧时，过去可爱的后辈昂首挺胸地出现在我面前。那句"我也觉得被分到书籍销售部门后负责的第一本书是它，是件幸运的事"依然萦绕在我耳边。

那个受到命运眷顾的女人负责的作品怎么能有趣！

我心中的某个地方是不是这样想的呢？

自己的厌倦和对作品的评价不能混为一谈！

这是理所当然的想法，可我并不觉得自己能够轻易将二者分割开。不，我本来就不信任自己。

虽然不信任自己，可是如果我对作品的评价被我对木梨和往来馆的厌倦情绪所摆布，我还是会对作为书店店员的自己感到失望。

接下来，一条消息仿佛看准时机发了过来，要证明我的不客观。

"谷原小姐，你看过本乡老师的校样了吗？"

古板的消息中没有带任何表情，发送的人是同为文学负责人的矶田，她和我一起从店长手里接过了《偶尔像没有母亲的孩子，或者都市症候群》的校样。通常每家书店只有一部校样，木梨说"这是特别的"，给了我们两本。

我带着不太好的预感打出了"嗯,刚看完",矶田立刻发来了回复。

"这部作品相当不错吧?你绝对喜欢吧?能畅销呢!我们努力卖出它吧!"

我眼前的景象一瞬间扭曲了。很长一段时间里,我都没有注意到是因为自己的眼泪。

我重新看向手里的校样,下意识地说:"或许真的到了辞职的时候了。"

在此之前想过几千次的念头,带着从未有过的迫切感说出了口。石野女士、老爸,店里的两个人同时重重叹了口气。

先开口的是石野女士。

"小京子,你多大了?"

"二十九。"

"果然,明年就三十了吧,我明白你的心情,会焦虑吧。特别是没有稳定工作的单身女性,三十岁就是一道坎。我也正好是在这个年纪换了工作。"

"嗯?是吗?三十岁之前在做什么?"

"书店店员……我知道你期待听到这个回答,但是对不起，我之前在自己经营一家爵士咖啡馆。"

"啊，什么？爵士咖啡馆？经营？"

"嗯，那时候年轻气盛吧，店还挺受欢迎的。我从小就憧憬开一家咖啡馆，做得挺开心的。"

石野女士喝了一口酒，轻轻笑出声来。我已经不把石野女士当成我崇拜的书店店员了，不过她说出的职业实在太出乎意料，我哑口无言。

石野女士垂下眼睛继续淡淡地说："我觉得不管是什么样的工作，如果想辞职，那么辞职就好。特别是在我们那个年代，人们总是把坚持当作美德，可我完全不这样想。无论是谁，都必须努力靠自己选择生存方式。如果对一份工作不再抱有自豪感，就算继续干下去也不会有结果。我认为就算工资有一千万日元，如果你觉得在书店找不到生存的意义，就必须辞掉。虽然说这种话很抱歉，可是任何工作都没有绝对无法替代的人，一定会有下一个人来填补你留下的空缺。工作的意义绝对是体现在自己身上的，必须由自己来选择。"

虽然石野女士带着劝诫的口吻，却完全没有说教的意思，她比平时更加冷静，偶尔歪着头，露出微笑仿佛在思考，并没有把自己的想法强加在我身上。

尽管如此，我还是感到不安。我的自豪感是什么？我自己选择在书店工作的意义是什么？这样的疑问在我脑海里打转。

"虽然说了这么多，我还是觉得小京子现在不应该辞职啊。"

石野女士自言自语的声音突然让我回过神来。

"为什么？"

"抱歉，没什么像样的理由。不过我总觉得现在的小京子不像我，没有想去做'下一件事'的冲动，更重要的是我有预感，你会以书店店员的身份完成'某件事情'。"

我的心跳更快了，这两句话都让我在意。石野女士所说的想去做"下一件事"的冲动是什么，会以书店店员的身份完成"某件事情"是什么？

但是我猛地抬起头，对石野女士说："不是，那个——"时，话音却被站在柜台里的老爸打断了。

"总之，你还没有遇到过什么阻碍吧。做着想做的工作，只经历过愉快的时期，所以总是把辞职挂在嘴上，你已经不是小孩子了。既然有不满，就要先努力改变环境之后再抱怨。"

我知道，老爸最近把石野女士当成女人来看了。虽然总是偷看石野女士的老爸让我觉得很恶心，不过他的话多少打动了我。

不知为何，老爸满意地点了点头，在柜台上放了一个白白的东西。

"幸运的是你还有能回来的家。再稍微反抗努力一下吧，要是不行就回来，我教你做饭。不过和你们那行一样，开饭店也不是那么容易的事情。"

我突然觉得两人的话给我指明了一条道路。一道朦胧的光真真切切地照进了过于黑暗的每一天。

尽管如此，随着与木梨见面的日子越来越近，我还是越来越郁闷。要面对自信满满的后辈，在银座这条街见面，还有钱包的厚度都是我郁闷的原因。可是，最关键的原因果然还是不得不对她说出作品的感想。

那天之后，我又试着以全新的心情重新读了一遍《偶尔像没有母亲的孩子，或者都市症候群》。感想没有丝毫改变，我觉得无所谓了，就算有可能是因为事先带着偏见，我也没有办法确定。

我下定决心，把手放在了饭店的大门上。这家饭店的气氛比网上的照片更悠闲。木梨先到，穿着兼职时穿过的休闲连衣裙，使劲挥着手："谷原小姐，这边这边！"

木梨没有嘲笑我这件唯一的好衣服，开心地眯起了眼睛。我鼓起勇气打开菜单，发现虽然价格比常去的居酒屋贵一些，不过还没到付不起的程度，关于金钱方面的那一半不安一下子消失了。

吃着美味的饭菜喝着酒，我和木梨并排坐在柜台边的对话出乎意料地愉快。

她一定很受男人的欢迎吧。木梨每次大笑，都会把手轻轻放在我的大腿上。

她的动作很自然，并没有恶意，她本来是我在武藏野书店里最能敞开心扉面对的人。两人一说起书，就会忘记时间。我很兴奋，甚至会自嘲自己究竟在警惕什么。

可是，我们现在的关系当然和那时不同。她现在成为了业界最大出版社的正式员工，而我依然是一家小书店的合同工。愉快的对话不过是工作前的热场罢了。

吃完饭后，木梨自然而然地说："老实说，我希望进往来馆的文学编辑部。因为从来没想过做销售，所以最初的好几天都特别慌张，不过没想到挺容易就想开了。你知道为什么吗？"

"不知道，为什么？"

"因为我觉得这样就能和你好好合作了。因为我想改变往来馆的想法，不再看轻像武藏野书店那样的中等规模书店。想到这里，我就当上了南关东的负责人，成了山中的下属。结果一下子就遇到了一部了不起的作品。"

木梨的眼睛放着光，露出坚定的表情。

"谷原小姐，怎么样？本乡光老师的《偶尔像没有母亲的孩子，或者都市症候群》，要是能听到你坦率的感想，我会很开心。"

木梨将玻璃杯轻轻放在柜台上，看着我的眼睛。我情不自禁地把手伸向椅子上的包。上周还不在那里的纸……老爸突然还给我的辞职信就放在包里。

"你都忘了吧，我给你拿回来了。"老爸热心地帮我从垃圾桶里捡了回来。

我依然不知道，石野女士提到的"书店店员的自豪感"是什么。

可我还是不想说谎。我曾经迫于富田晓老师的压力说了谎，至今依然打从心底感到懊悔。

就算我当时受到了无聊的自卑感影响，包括那份不成熟在内，我都应该只给出自己当下的评价才对。

"抱歉，我不觉得那本书好。可能是我的理解太肤浅了，不过还是抱歉，我不觉得有趣。"

一瞬间，我们两人之间升起了冰冷的紧张感。木梨很快若无其事地吸了吸鼻子，甚至笑了出来。

"为什么要一次次道歉啊，我明白了。我以后还是会带来你可能喜欢的书的。"

"为什么？你能接受我的回答吗？"

"接受？"

"因为你是真心觉得有趣吧？不会觉得被我刺痛了吗？老实说，我不明白，矶田也对这本书赞叹不已，我不觉得我的评价是正确的。"

"对书的评价没有正确和不正确之分。"

"或许是这样，可——"我说了一半，紧紧闭上了嘴，木梨仔细端详着我。

我并不觉得自己会屈服于她的大眼睛。我想要一吐为快,想将最难说出口的话一口气砸向最难说出口的对象,想让自己彻底轻松下来。

我结结巴巴地说出了自己的自卑感。直截了当地说出了从来不涨的薪水,太过黑暗的未来,对往来馆的不满,心中擅自描绘的山中先生的家庭,木梨一直在听我说,表情完全没变。

我说完后过了许久,木梨依然不打算开口。只是带着有几分劝诫的眼神盯着我。

沉默的时间持续了多久呢?先移开视线的是木梨。木梨放松了表情,就像想起了什么一样点了两三次头。

"明天一大早,我就要和山中去小田原了。"

木梨没有管一头雾水、不明所以的我,继续淡淡地说:"从小田原站出发,还要坐十分钟巴士,听说那里有一家私人经营的书店。那家店不算大,销量也不突出,可我们还是要去向他们介绍夏季的文库展销会。"

我心中不畅快的感觉在扩大。往来馆从来没有到"武藏野书店"来介绍过文库展销会。

木梨说的正是这件事。

"山中的口头禅是'销售员和书店是同一条船上的人'。相互对立没有意思，必须成为同志，面向同一个方向。他确实有很多问题，说话也不好听，但实际上是个很热情的人。看《偶尔像没有母亲的孩子，或者都市症候群》的时候，虽然最终你并不喜欢，可我当时马上就想到了你，所以才对山中说要送到武藏野书店去的。可是他的表情并不好看。"

我嘴上问着为什么，其实已经想到了答案。木梨看起来也发现我已经想到了。

"他说我们不对等，我们没有和武藏野书店站在同一块阵营里。我很生气，反驳他说以前或许是这样，可现在不同了。现在负责文学的女性店员没有考虑这些，会认真地卖出自己认为好的书。"

"可是……实际上我并不觉得《偶尔像没有母亲的孩子，或者都市症候群》好……"

"这是因为你没有被触动吧？"

"我不知道。我并不觉得自己和往来馆是平等的，我不是那么了不起的人。"

"可是谷原小姐评价作品时不会说谎。你因为富田晓老师的那件事那么后悔,我看着都觉得心痛,这样的人是不会撒第二次谎的。这次你只是单纯地没有被触动而已。"

木梨带着柔和的微笑,没等我回答就继续说道:"山中还说过,如果在书店里点头哈腰就能让整个业界充满活力,让我做多少次都行。可我绝不会为了让自己轻松而低头。另一方面,他是公司里最提倡改善书店待遇的人。"

"是吗?"

"那本《Let's go 夫人》也是,他在公司里孤身与领导们奋战,说要停止无聊的恶习。啊,还有一件事,你完全误会了,山中的妻子不是读者模特,具体情况我不了解,不过他妻子好像比他大二十五岁呢。"

"啊?"

"听说是他在群马上初中时,一个朋友的母亲。"

"是、是吗?这不是佩塔吉尼的故事吗?"

"佩塔吉尼?"

"没事,无所谓了。"

"啊,他的孩子是男孩,这一点肯定没错。名叫贯太,是个自大的小孩，总之不是真利爱。"

木梨露出笑容，直到最后都没有听听我的想法。

"我理解你的不安和焦虑，不觉得书店店员待遇差是理所当然的事情。书店和出版社的结构确实需要改变，可正因为如此，谷原小姐现在才不能从书店辞职。我觉得你必须留在书店，推动业界结构的改变才行。这是为了未来的书店，甚至是为了整个出版界。"

这个话题格局太大，我都跟不上她了。

"推动什么的，我能做什么……"

"我不知道，首先应该是成为武藏野书店的正式员工吧。老实说，我在你身边看着，一直觉得你太被动了。"

"被动？"

"对。我一直在想，你应该急着成为正式员工才对啊。无论是沿袭下来的制度还是公司内部的评价体系都对合同工不利吧？不管怎么说，你是出版界需要的人啊，请多努力一把吧。"

没想到，木梨和老爸说出了一模一样的话，她只在最后表现出了几分困惑。

第四章　销售员笨死了

"其实，一位著名作家正在创作一本不得了的新作。我也只听到了传闻，不过我很期待，这本书应该能够触动谷原小姐。我还会带来的，到时候还请你说出你的感想。"

我想自己的表情一定散发出了十足的悲壮感吧。我想做的是提出申请，要求改革武藏野书店一直遵守到现在的制度。

我希望能改变此前提交的"人事考核表"中的所有自我评分。当时因为嫌麻烦，我在所有自我评分中都打了1分，现在我想取消。我想告诉公司的是，如果按照现行规定，我几乎没有可能成为正式员工，可是我希望公司可以对谷原京子这个人进行一次认真的评价，如果公司认为需要我，我希望能够成为正式员工。

看到我严肃的表情，身在后院的店长似乎明白了什么。他缓缓起身，对外面的员工说了几句话，甚至锁上了房间的门。

在我说出正事之前，店长先自顾自地说了起来："以前我在早会上说过吧。我也有过做书店店员之外的梦想。因为种种机缘和不幸，再加上他人强烈的恶意，我的梦想化为泡影，可是现在，我以书店店员这份工作为荣。"

我不知道店长怎么突然说起这些。虽然不明白，可我注意到这番话和他在早会上说过的话，一个字都没变。看来他很喜欢这段话。

店长紧紧盯着我，不好意思地摸了摸鼻子。

"其实，我应该成为一名作曲家的。"

"啊？作曲？"

"嗯，靠音乐应该能养活自己。可是，因为种种机缘和不幸，再加上他人强烈的恶意，我的梦想没能实现。当时我陷入了绝望的谷底，拯救我的是一本书。后来想要成为一名书店店员，对我来说就是顺其自然的事情了。"

店长盯着我说："我明白你现在的想法，只要看到你最近的表情就能明白了。我只想告诉你一件事，请你暂时不要行动。"

"啊？"

"请你先让我采取行动。之后再由你亲自去找敝公司的总经理也不迟吧？请你先让我努力一下。"

我的心被什么东西触动了一下。我正是打算直接向柏木总经理提出申请，希望他能让我成为正式员工。我想让社长认可我，就算要去拜访他在吉祥寺的家，我也打算提出申请。

"店长——"我自言自语地说。店长露出我从未见过的温柔表情。

"啊呀,你不要哭。谷原京子小姐,我可不喜欢弄哭女性。你是我重要的员工,也是我重要的家人,与你的人生密切相关的事情,在我的人生中同样重要。当然了,我也需要下定决心,这不仅仅是你的问题,也是我自己的问题。所以我才要拜托你,请让我先采取行动。"

现在回过头去看,店长的话还是让我一头雾水。毫无征兆地提到梦想就很不可思议了,仔细想想,只看到我的表情就能理解我的内心,这种事也很奇怪。

尽管如此,他的话倒是逻辑通顺。心情得到理解的惊讶,有人保护自己的喜悦让我彻底陷入了狂喜。

"谢谢您!好,我等着您。当然了,我也打算努力,不过我会等着店长先行动。"

我喊出了这番话,有生以来第一次热情地与店长握了手,然后两周过去了。

我完全没有感觉到店长为我做了些什么,就在我等得不耐烦时,一天,木梨带着资料来到书店,而我正在一楼,后辈矶矶田面无人色地叫住了我俩。

"谷原小姐！啊，木梨小姐也在！你、你们听我说，出大事了！快到后院来！"

矶田慌慌张张地瞥了一眼书店的墙壁，上面贴着有线电视台的海报。伴随着不好的预感，"吉祥寺才艺展示大会，今年也决定举办"的字眼映入我的眼帘。

我们冲到后院，几个人正吵吵嚷嚷地围着电视。我和木梨挤进人群中，心中一惊，我没有信心压下惊叫。

过时的旧电视里，是难得请了带薪假期的店长。他戴着漆黑的太阳镜，不过那身黑色皮质套装又肥又大，赤裸的胸口惨白瘦削，一看就知道是店长。

不一会儿，我也掌握了情况。店长郑重其事地握着麦克风，电视台的后墙上也贴着那张"才艺展示大会"的海报。

主持人模样的中年女性笑容满面地说："下面，山本先生！请在最后说一句话。"

店长装模作样地抬起下巴说："我觉得自己应该为一个人唱首歌。所以，我会为她一个人唱首歌。我相信，在那个人身后，会有一百万、二百万的粉丝在看。"

女主持人抬起手，果断无视了店长虚张声势的发言："接下来有请！吉祥寺引以为傲的武藏野书店能干的店长，山本猛先生为大家唱歌。THE BLUE HEARTS 的《对人好一点》，有请！"

我没听过这首歌，不过开头的歌词让我很有共鸣。一直叉开腿站着的店长从一开口，就在舞台上又蹦又跳。

"我、要、疯、了！呐、呐、呐、呐、呐、呐、呐、呐！"

店长就连和声的部分也在自己唱，我不知出于何种感情流下了泪水。虽然不知道是由于愤怒还是羞耻，不过只有歌词让我深感共鸣，我真的要疯了。这是我的台词吧！

店长在舞台上自由自在地奔跑。他究竟想干什么？虽然他净做些让人不明所以的事情，不过只有一件事我能够理解，那就是店长梦想破灭的原因。

什么"机缘"什么"不幸"，什么"他人强烈的恶意"！店长五音不全的程度简直令人震惊。

不过店长看起来很开心，中途还把墨镜扔到了评委席，脸上的表情完全就像个蛮不错的歌手，戏很足。

前几天的对话突然掠过我的脑海，也就是说，店长口中"先采取的行动"就是这件事。他并不打算向总经理进言，让我成为正式员工，只是想用过去怀抱的"梦想"的力量鼓励我。

听到副歌的歌词，我对此深信不疑。店长的表情越来越愉快，把麦克风放在嘴边冲着镜头伸出手指："我、来、告、诉、你！"

喂，住口。

"大、声、告、诉、你！"

我说了，快住口！

"我要告诉谷原京子！"

……

"你、听、到、了、吗？"

我说……

"加油！！！"

那一瞬间，我全身的细胞发出噼里啪啦的剧烈声响，冷汗从所有毛孔喷涌而出，一边流下意义不明的泪水一边露出笑容。

周围的员工害怕地看向我，一点点拉开距离。我就像摩西分开红海一样分开人群，只有木梨没有离开我身边，同样盯着电视。

木梨下意识地挽住了我的胳膊。谜一般的泪水从她眼中喷涌而出，她竟然说出了这样一句话："店长，好帅……"

啊，这孩子也是个笨蛋。

这个念头瞬间从我脑海中飘过。

可是这种笨蛋与我平时所说的、令人厌烦的笨蛋不同，正好相反，她是开朗的、平等的、令人心里感到踏实的"笨蛋"。

# 第五章

## 老天爷笨死了

真的是天中杀。

我没有特定的信仰，就连占卜类的东西对我来说也只是当个安慰，当然也不会去考虑自己的前世什么的。

可是当令人厌烦的事情接连不断地发生，我也产生了奇怪的想法。

顾客就是上帝。

我不知道这句话的出处是三波春夫[1]还是逢阪淳[2]，可是如果从字面意义来理解这句投诉人喜欢的话，我就会觉得自己一定在前世狠狠亵渎了神明。

一天中，发生了很多糟糕的事情，让我不得不认真考虑这

---

1 三波春夫：日本演员、歌手。
2 逢阪淳：日本漫才艺人。

句话。那天,店里来的都是些难缠的客人。八月,蝉鸣声压过了店里的 BGM,玻璃门外的景色在炙热的阳光下摇摆。

啊,天中杀、天中杀、天中杀……

我实在不擅长应对的"上帝"有三个人。只要在睡前想到那三个人,我就会身体发痒,睡都睡不着,他们仿佛约好的一样在同一天来到店里。我想一个一个分别向大家介绍。

1号选手。推测六十五岁,拼命把稀薄的头发梳平的男性。众所周知的月刊《钓鱼天气》的忠实读者,几年前还是公务员的"上帝"。

让我们假设这位客人是"上帝 A",他依然在开店的同时走进了武藏野书店。没有打破以前周一、周三、周五的完美循环,不过最近不知为何,又加上了周四。

另外,今天是周四。曾经和他勾肩搭背,成为"男性同伴"的店长似乎在我不知道的地方犯了错,被总经理狠狠地批评了一顿。从那以后,除了周四和周日,只要早会结束,他的身影就会果断地消失。

好,来吧……所有员工都摆好了架势。宣告开店的《爱的八音盒》在我耳中已经彻底变成了恶魔的咆哮。

上帝 A 仿佛统领着其他老顾客，率先走进书店。到此为止还一切如常，他总是会在店里转一圈，眼尖地发现做得不好的地方，今天不知为何却径直向收银台走来。

粗鲁的脚步声在我听来完全是恶魔的脚步。

"喂，你这家伙——"

"是，有什么事？"我挂上像资深女演员一样完美的笑容，心里却拉起了重重屏障。我已经不是新手了，不会被"你这家伙"的称呼扰乱心神。

"把报纸上登的新书拿来。"

"报纸吗？"我将屏障又加厚了一层。上帝 A 的额头上突然暴起青筋。

"我都说了报纸！上面用大字写着'当下最畅销'的那本！"

不讲理、不讲理、不讲理……我用闪闪发光的笑容掩盖住真正的心情。

"对不起，您知道书名或者作者的名字吗？"

"我怎么知道！"

"是小说吗？还是工具书？我想也有可能是杂志或者漫画吧。"

"我都说了不知道！大概一千六百日元，红色封面那本。"

总之就是新书！"

"是新书对吧。"

"当然了！登在报纸广告栏里的书怎么可能不是新书！"

当然有可能啊！我差点没能压抑住内心的呼喊。"红色封面，一千六百日元，报纸广告……"我故意说出这些关键词，明知道不可能找到，还是在网上搜索起来。

"对了，是今天的报纸吗？"

"不知道，昨天放在理发店的书架上。"

"您知道是什么报纸吗？"

"好像是朝日、读卖、每日还是产经吧……不，可能是东京报纸。"

"这样啊，朝日、读卖、每日、产经……或者东京报纸吧。"我用心重复了一遍，希望他能发现自己的话有多荒谬。当然了，庶民的声音无法传到上帝耳朵里。

"喂，快点。你们这些家伙都太缺乏专业意识了。"

愤怒的口吻夹杂着一声叹息，变成了训诫。这也和平时没有区别。武藏野书店的员工都知道，这是他即将进入漫长说教模式的前奏。

并且没有人不知道,这种时候绝对不能回答他。

"喂,你们这些人也在拿薪水的吧?"

嗯,不过是超乎想象的微薄薪水,我在心中反驳。

"是报纸广告上登的书哦,'最畅销的书'。连这种事情都不知道可怎么行。"

这种书,世界上多的是。

"这家店的东西也太不全了,就连畅销书都没有吗?"

我也抱着同样的不满,我能说全都怪出版社和经销商不给我们书吗?

"以前也发生过相似的事情吧,我要找的书迟迟找不到。"

嗯,有过。应该是三十多年前已经绝版的书,而且只是下卷。

"当时,你们大张旗鼓地找了一通。"

对,对。毕竟客人您给出的信息只有"学生时代读过,红色的,是当时的畅销书"。上帝还真是喜欢红色的书呢。

"结果到最后也没找到,你们不觉得羞耻吗?"

老实说,不觉得,我反而想要表扬自己的专业意识,靠那么一点信息都能推断出正确的绝版书。

"就是因为这样，你们才会输给亚马尊啊。"

"您是说亚马逊吗？"我真的是下意识地说出了口。身边的矶田屏住了呼吸，我也意识到自己犯下的错。停了一瞬间，上帝Ａ头上的青筋突突跳了几下。

"你说什么？"

"不，没什么……那个，您看这样如何，我们可以等找到之后给您寄到家里。"可以说因为我焦急地想要改变话题，反而招来了麻烦。

"大概多久能寄到？"

"恐怕要两周左右。"

"要让我等那么久？你们太小看工作了吧？这样是绝对比不过线上书店的。总之，先给我寄来吧，看过现货之后我再决定买不买。"

"不，这个……"

"不行吗？我在什么地方听过，书是可以退货的，是指定价格合同制的商品，所以我们才要按照原价购买所有书。"

对，没错，您说的都对。我重新转变为在心里念叨。我只希望您赶紧放过我。不知道上帝Ａ是不是听到了我的心声，深深叹了一口气，像是留下了一个记号，才总算依依不舍地离开了书店。

尽管如此，郁闷的心情依然只消失了一半。午休时，我吃着鱼糕夹心面包，翻了整整一周的报纸广告。

不幸的是，报纸上一共登出了三本"一千六百日元左右"的"红书"，而且全都写着"当下最畅销"之类的话，我吓了一跳。

上帝A通红的脸不由分说地在我脑海中划过，我陷入了绝望的心情。

就算只有这件事，已经足够算是天中杀了。可是，对我的试炼还在继续，我可能在前世做尽了坏事吧。

下午第一个走进店里的2号选手，"上帝B"是一位七十五岁左右的白发男性。

这位上帝从外表来看是个老好人。说话的语气确实很温柔，不过他有一个特点和一个缺点，让我们这些员工很害怕。

这段时间本来应该由矶田当值，不过她被碰巧出现的出版社销售拉住了，于是我站在了收银台后。

上帝 B 仿佛是看准了时机来到书店的。而且和上帝 A 一样,他平时明明也会平静地在书店里寻找想要的书,今天不知道为什么,径直走到了我面前。

上帝 B 带着和平时一样的温柔笑容缓缓开口:"丘巴卡万岁,丘巴卡万岁!"

我没有撒谎,也没有夸张,我确实只听到这几个词。丘巴卡、丘巴卡,我一边重复,一边拼命开动脑筋。我命令自己,这是什么?快找到发音相似的词!

沉默了一会儿,我最终没能找出正确答案。虽说是无奈之举,不过我的回应彻底错了。

"那、那个,抱歉,是什么?能请您再说一遍吗?"

上帝 B 的呼吸眼见着变得粗重。我再次意识到自己的错误,想要双手掩面。上帝 B 的特点是严重的口齿不清,缺点是要是让他重复一遍,他就会暴跳如雷。

当然了,我完全没有看不起上帝的意思。只是为了让他不要生气而笑出声,确实是错误的。我之所以犯下这样的低级错误,一定是因为从余光中看到了"上帝 C"的身影。

上帝 B 发出怒吼声,仿佛失去了理智。乍一看,比起被啰嗦的上帝 A 训斥，被上帝 B 训斥的精神伤害更严重。曾经有一个兼职的男孩子辞职时，留下了"自从女朋友出轨后，我就不相信别人了"的名言，说起来他辞职的时间就发生在被上帝 B 一通说教之后。

"▽◎☆●♀b▼◎★♂！！！"

我甚至听不出他说的是哪国语言，只能听懂"我再也不会来了"。在他的怒吼声中，我只能不停地鞠躬，说着"对不起""实在抱歉"。

上帝 B 总算平息了怒火，我小心翼翼地抬起头，像监护人一样站在我身边的是 3 号选手"上帝 C"。关于这位七十二岁的小个子老婆婆，我就不打算详细介绍了。

总之，需要特别提到的是不知为何，她对我倾注了异乎寻常的爱。点名要我为她结账就不说了，还会和我聊天，问我之前她用保鲜盒带来的食物好不好吃，要我修改她孙子的读后感，甚至用不知是认真还是开玩笑的语气说过："谷原小姐，能不能做我的养女？"因为她，我每个月有好几次不得不加班，心里很不痛快。对我个人来说，上帝 C 总是摆出一副"谷原已经被我调教好了"的表情，应付她远比应付前两个人耗费精力。

真的是天中杀。对我来说最糟糕的三位上帝一个接一个地到来，从开店后到午休，甚至到了下午，一桩桩一件件的麻烦事不断消耗着我的神经。

如果要再加一件事，那就是中间还有当地的女高中生们来店里找店长。

"那、那个，请问山本店长在吗？"

她们红着脸询问，看起来楚楚可怜。尽管我完全无法理解，不过在有线电视台五月举办的"才艺展示大会"上，店长莫名其妙获得了众多年轻的女性粉丝。

肯定是被他的人设吸引了吧。我并不想责怪这些女孩，可是店长那副讨好女性、不管多忙都绝不怠慢的样子让我感到生气。具体一点儿来说，在他对我说出："啊，谷原京子，你有空的时候帮我拿一下彩纸吧，她们想要我的签名。当然了，我会付钱的"时，我心中会涌起清晰的杀意。

被三位上帝和两名女高中生，还有一个店长摆布，上帝C托我做的包装工作终于结束时，我已经筋疲力尽了。

尽管如此，上帝关上一扇门，就会打开一扇窗，有让人头疼的上帝，也有我非常喜欢的上帝。我刚走出后院，打算直接回家美美地睡上一觉，淑女藤井美也子女士出现在我的眼前，就是她告诉了我作家大西贤也的优秀之处，我俗称她为"夫人"。

"藤井女士！"

夫人戴着眼镜，正在新书展台前查看，我唤了她一声。我平时绝对不会带这种让人难为情的眼镜，不过她那优雅的身姿还是让我的心情放松了下来。

"啊，谷原小姐，好久不见。"

夫人摘下眼镜，并没有露出不耐烦的表情。她一如既往地冲我绽放出温柔的笑容，要不是我努力忍住，泪水就要夺眶而出了。

"真的好久没见！最近您来得少了，我还有点儿担心呢。"

"啊呀，你这样说我真开心。最近有点儿忙。"

"您很忙啊，说起来，您又瘦了呢。"

"嗯？是吗？"

"对，真羡慕您。我也忙忙碌碌的，可是完全瘦不下来。"

"不过你看起来也有些憔悴啊，可不能太勉强自己，你就是太认真了。"

我想夫人只是随口一说，可是对我来说，这句话就像魔法，让我瞬间接受了这不讲理的一天。

"真是的，这是怎么了？"

"嗯？什么？"

"你哭了。"

夫人只说了这一句话，扫了一眼手表，然后从包里拿出手帕，一边放在我的手心里，一边说了一句出乎我意料的话："谷原小姐，今天已经下班了吗？"

"对，今天下班了。"

"那要不要和我去喝一杯？"

"嗯？现在吗？"

"不行吗？和客人一起喝酒会违反规定吧。"夫人自言自语地说完，了解似的点了点头，眼角露出带着几分寂寞的笑容，"可是没关系的吧，我能做武藏野书店客人的时间已经不多了，只要不告诉其他员工就好。"

和夫人单独去喝酒，我只觉得开心。可是不知道为什么，有人突然邀请我的事情一定会发生在发工资之前，我的钱包一如既往地空空荡荡。

跟老爸说好后，我向夫人提议去神乐坂喝一杯。从我口中听到"神乐坂"这个地名，夫人似乎有些意外，眨了眨大大的眼睛。

我老老实实地解释了钱包的情况。夫人表示"这次肯定是我付钱啊"，老实说，我也想到了她会这样说，可是我不能接受。

"真是的，你太一本正经了！你这个样子，以后肯定会吃亏的。"

"我觉得已经吃过不少亏了。"

"嗯，神乐坂啊，不过那里是你父母家，肯定不错。好吧，我同意了，不过我们要打车去。"

"什么，这样不就没有意义了嘛。"

"啰唆，这是客人的命令，顾客就是上帝对吧。"

"出现了，杀手锏。"

"什么？"

"是我自说自话！"

在吉祥寺车站前，我被夫人拉上了出租车，在车里，两人聊得比我想象中还要开心。在书店的交流里，我只知道夫人的名字是藤井美也子。今天我才第一次知道，她今年五十二岁，在证券公司做派遣员工，更让我惊讶的是，她至今单身。

说话间，我悄悄在手机上搜索"夫人"这个词。如我所料，这个词的主要意思是"男人的配偶""女主人"，不过我只是在心里这样称呼她，事到如今已经改不了了。

夫人边说边笑，每次触碰头发、摇晃身体时都会散发出迷人的香味。她的笑容那么可爱，完全想不到已经五十多岁，衬衫加裤子的简洁服装也显得很洗练。妆容和发型都无懈可击，我对她只有单纯的崇拜。夫人每天的生活一定光彩夺目吧。要是问我有没有在衣服和妆容方面上心，答案是 no；要是问我想不想从明天开始和夫人交换人生，我的答案一定是 yes。

就在我陶醉于适合夏天的柑橘系香气中时，出租车开进了熟悉的大久保路。

出租车即将停在神乐坂时，夫人突然改变了话题。

"继续刚才的话题吧，我最近就要离开东京了，所以刚才说不能再做你的客人了。我要回老家大分了。"

"嗯？为什么？"

"有各种各样的原因，在你家的店里说吧。"

夫人露出愉快的微笑，我带着她穿过"美晴"的门帘。店里没有其他客人，大概是看到了这一点，夫人发出了少女一般娇滴滴的声音："哇，好可爱！这家店真不错！"老爸手里握着菜刀，目瞪口呆地盯着夫人。

这个色老头……我一边腹诽，一边提起了老爸喜欢的女性老顾客的名字："今天石野夫人没来吗？"

老爸肩膀颤抖了一下，慌慌张张地说："啊，她最近不常来。"一番寒暄后，夫人留下一句"我先去一趟洗手间"就走了，呆呆望着夫人背影的老爸立刻小声问我："那是谁啊？"

"书店的客人。"

"她以前来过咱们家店吧？"

"啊？不会吧，我完全没有感觉到。"

"是吗？怎么回事，我总觉得在哪里见过她。"

"没见过啦，什么啊。"

这个色老头……我又咬牙切齿地想，夫人从洗手间回来了。

夫人很快点了啤酒，说了一句"方便的话，让你父亲也来喝吧"，于是老爸开开心心地凑过来，两人愉快地碰了杯。

"啊，好喝，你老爸的生啤最好喝了！"

不知道为什么，夫人的语气瞬间变得粗俗，这让老爸心情很好，他似乎有话想说，不过四个上班族模样的人正好走进店里。老爸一脸遗憾，和松了一口气的夫人形成鲜明的对比。

"好了，谷原小姐，你最近怎么样啊？"夫人慢条斯理地把杯子放在柜台上问我。

"您说什么？工作还是生活？"

"就说说不错的那个吧。"

"哪个都很糟糕。"

"那就说说生活吧，对了，我对你的事情一无所知呢，你的名字是什么？"

"京子。"

"那我就叫你小京子了，你有男朋友吗？"

"没有，自从开始做现在的工作之后就没交过。"

"嗯？真没想到，你明明这么可爱。"

"谢谢您。"

"那你最近约会过吗？"

"嗯？约会？"

"啊，肯定有过，你是个老实的孩子，什么都写在脸上，我一下子就看出来了。"

夫人自顾自地说着，笑出声来。我瞥了老爸一眼，见他被那几个上班族缠住，我松了一口气。

"来，告诉我嘛，又不会有什么损失。"夫人用女高中生一样轻佻兴奋的语气询问，与在书店时慵懒的气质发生了一百八十度的转变。我自然而然地叹了一口气。

其实，时隔四年，我确实再次和人约会了。准确来说是三周前，社交软件上突然有人直接给我发送私信，他是半年前在武藏野书店举办过谈话会，《空前的伊甸园》的作者富田晓老师。

私信的内容是"我最近遇到一些瓶颈，想听听你坦率的意见，可以吗？"不过一开始我很警惕，以为是谁在恶作剧。可是账户确实是富田老师本人的，最重要的是，这种恶作剧对任何人都没有好处。

老实说，围绕作品相互发信息讨论让我很兴奋。最近，富田老师的社交软件不像以前那么尖锐了，邮件内容也很有礼貌，当然，我不认为上次的谈话会是他发生转变的契机。

不过，看到"我想当面见你，再多聊一些"的消息时，我依然心生警惕，于是不咸不淡地回了一句"那就还约在书店见面吧"，结果被富田老师否决了。他回消息说："如果可以，我想和你单独见面，方便的话一起吃顿饭如何？"

我不明所以。当下最畅销的作家怎么会约书店店员吃饭？而且还是一个每天在污浊的空气中挣扎的合同工。

他究竟知不知道我是谁是存疑的，他会不会是把我当成了其他哪个漂亮的员工……我一边想，一边冒出了一个非常不礼貌的念头，签售会那天，富田老师在书店接触的店员里没有漂亮的人。

半强迫式地，我们两人见面了。直到最后，我都没有打消疑虑，觉得这是一次整人游戏，所以没有告诉书店里的任何人，只是向已经离开公司的小柳真理姐借了一套约会穿的衣服。

"我们的谷原要约会了？对方是谁？是什么样的人？"

大概是因为从不道德的恋爱中解脱了，或者是因为现在打工的服装店很适合她，小柳姐的表情比在武藏野书店时更开朗了。

她从以前开始就很敏锐。我没有告诉她约会对象是谁,她却一边给我化一个夸张的妆容一边问:"我总觉得挺奇怪的,说真的,对方是谁啊?难道是我认识的人?难道是作家?"

"啊、啊?怎么会,作家为什么要和我约会。"

"说的也是,生活又不是小说。那,就是他了,店长。"

虽然小柳姐用的是开玩笑的口吻,可空气瞬间彻底冻结了。我仿佛吃了一记凶狠的耳光,和刚才的角度完全不同,哑口无言。

"等一下啊,小柳姐,请你适可而止。"

"可是,这不是不可能吧?再怎么说,你还是有一点点在意店长的吧。"小柳姐嘲笑似的故意装出风情万种的语气,这让我更生气了。

"不可能,什么'可是',我完全不在意他。"

"是吗?"

"绝对不可能!"

我怒火中烧,提高了声音,小柳姐像是要避开我的愤怒,最后轻轻拍了拍我的脸说:"化好了。不管对方是谁,都要努力哦。只要好好打扮一下，你就是个非常可爱的姑娘。"

确实，镜子里的我前所未有的精致。傍晚，富田老师开着爱车雪铁龙来到三鹰接我，连他都说："哇，谷原小姐，好厉害，比我在店里见你的时候漂亮多了。"我也知道自己脸红了。

在环状八号线玉川站开上第三京滨线，我们的目的地是横滨。见面后我才知道，富田老师似乎是真的对我有兴趣，而且他确实很擅长与女性交往。

小说畅销应该不等于沉迷女色才对，二者间不存在因果关系。畅销小说家受欢迎或许也不过是我这个书店店员擅自产生的偏见。

"我上学时一直被周围的人忽视，甚至变得自卑。当上小说家后，我一心想要报复。明明看不到报复的对象，却会莫名其妙地虚张声势。被谷原小姐工作的那家书店的店长狠狠摆了一道时，我虽然生气，不过总觉得清醒了一些。"

富田老师跟我同年，听他坦率地吐露心声，我第一次觉得他挺可爱。

"不过，正是因为有'被周围的人忽视'的感觉，老师才能写出《空前的伊甸园》吧。"

"对了，谷原小姐，能不能请你不要再叫我'老师'了？"

"可是——"

"除了感觉我们之间有隔阂，这称呼还让我觉得被人嘲笑了，我不喜欢。不是说让你直呼我的名字，不过要是你能叫我一声富田先生，我会很开心的。"

富田老师握着方向盘，脸眼看着红了起来，我再次觉得他是个可爱的人。面对他悄悄伸出的颤抖的手，我没有生出警惕，虽然实在做不到回握，不过对于他一直放在我手背上的手，我并没有产生不快的情绪。

富田老师预约的是酒店顶层的法国餐厅。我前一天晚上只用两片芝士和三根好吃棒[1]填饱了肚子，这家餐厅明显和我的身份不符，食物的质量差距太大，甚至有可能弄坏身体，不过神奇的是，我并不紧张，肯定是因为眼前有一个更紧张的人在。

我并没有觉得平时吃的套餐更好吃，第一次见到的每一道菜都很讲究，我带着怜爱的心情细嚼慢咽。

---

1　好吃棒：日本传统零食，玉米膨化食品。

富田老师渐渐放松，窗边的座位能俯瞰港未来[1]的摩天轮，我们轻松地聊起了《空前的伊甸园》和今年冬天即将出版的新书，那是一本散发着杰作气息的新书。

尽管如此，当餐后甜点被端上来的时候，富田老师又变得沉默了。虽然不是因为顾及到他，但我还是轻轻低下头说："抱歉，只有我一个人在喝酒。"

"没关系，那瓶红酒就是为你点的，味道如何？"

"非常好喝，这不是客套话，我第一次喝到这么好喝的红酒。"

"太好了，下次还请你一定要和我一起喝。"

"好，我很荣幸。"

"不，不是，我想说的不是这个。"富田老师自言自语地嘀咕，深深吐出一口气，"你能不能再和我约一次会呢？我想了解更多关于谷原小姐的事情。"

他的声音在颤抖，视线投向餐桌的一角。到了这时，我确实不再怀疑这是整人游戏，只觉得和眼前的法国料理一样，自

---

1 港未来：横滨港未来21，位于日本横滨市西区及中区交界的海滨，俗称港未来21、港未来等。

己和眼前的情景格格不入。我依然不理解他为什么会对我这样的女人产生兴趣，不过我并不讨厌富田老师这个人。

毕竟他是将《空前的伊甸园》那本杰作带到世界上的人。既然他已经重新找回了谦虚的品质，将来一定会发表越来越好的作品。勉强想象自己在他身边的样子，我确实会感到神魂颠倒，可我什么都没有回答。

不知道为什么，每当我试图描绘光明的未来图景时，脑海中就会闪过一张面孔。没错，肯定是因为小柳姐不久之前说了那句多余的话。每当我即将对富田老师心动时，店长的笑容就会掠过我眼前。

我一直在试图拂去他的笑容，可我越努力，那副轻浮的笑脸就越清晰，中途甚至让我觉得恶心。

"结果最后也没能定好下次约会。"

我把富田老师说成了"某位小说家"，还隐去了店长的事，向夫人坦白了大致情况。

"什么嘛，不是和那个完全一样嘛。"

当然，我立刻明白了夫人口中的"那个"是什么。

"不一样。"

"为什么？一样的吧，就是那个，和大西贤也写的《早乙女今宵后日谈》如出一辙。"

是啊，其实我自己也是这样想的。那本小说的主人公，榎本小夜子也被来举办签售会的帅哥作家表白，并且冷冷地拒绝了，原因是她喜欢"最能理解我的"店长。在横滨那家酒店的法国餐厅，我之所以恶心想吐，正是因为想到了那本书中的情节。

"所以我说完全不一样！"

否定的话中也蕴含着力量。对，实际上完全不一样，我既不喜欢店长，也丝毫不觉得他理解我。反而总是因为他完全不理解我而烦躁，最重要的是，小说里和现实中的店长是完全不同类型的人。

《早乙女今宵后日谈》中登场的店长是个头脑"超级"清楚的人。毕竟他早早就发现了"名字是文字游戏"，对书店店员榎本小夜子（EMOTO SAYOKO）的名字里没有I视而不见，推断出她就是原畅销书作家早乙女今宵（SAOTOME KOYOI）。我们店的店长可没有这种本事，如果他是那种人，我早就喜欢上他了。

我气鼓鼓地否认,夫人带着捉弄人的表情看我,然后自顾自地说:"对啊,是店长啊。以前小京子和店长之间的关系或许确实是个盲点。"

一瞬间,我清晰地想象出即将发生的糟糕事在脑中展开。夫人原本温柔的表情突然扭曲,变成了多管闲事的老太婆,又进一步变成了"上帝D"。

"说到大西贤也老师,好像正在写一部很厉害的作品。"我一心想要转移话题。夫人表情兴奋地说:"啊,你看到往来馆在社交软件上发的消息了?据说又是关于书店的故事。"

"嗯?是吗?那么,是早乙女今宵的续篇吗?"

"好像不是,据说老师找到了想写的新主题,要创作一个全新的系列。"

"您了解得真清楚。"

"全都是写在网上的东西。"夫人开心地说,然后开始极力主张大西贤也老师的新书有多么值得期待。

因为夫人的话比店长靠谱得多,所以我也适当地附和。不过老实说，我并没有太大兴趣。

我本来就对大西贤也这位小说家没什么特殊的感情，处女作《吹向带篷马车的风》倒还值得一读，不过以书店为舞台的小说让我没什么好的预感。就算和"早乙女今宵"系列不同，登场人物也肯定都是闪闪发光的。

夫人一味表达着对大西贤也的喜爱，我正仔细看着夫人跌跌撞撞的背影，老爸突然对我说："啊，对了，果然如此，我想起来了。"

我小心翼翼地回过头问："你突然在说什么啊。想起什么了？"老爸看都没看我一眼，盯着卫生间的门说："那个人，就是她吧。我带你去的神保町书店里的人。"

"啊？"

"你看，你不是自己之前也说过吗？给你推荐绘本的书店店员。我完全想起来了，所以觉得见过她。"

我茫然地将目光重新投向洗手间的门，门上换了新的海报，上面是啤酒公司的礼仪小姐。

事情的发展太突然，我的脑子跟不上了，只是盯着礼仪小姐像气球一样丰满的胸部，仿佛放弃了思考。

是因为我一直在愚弄上帝吧。上帝疯了,于是我吃了大苦头。

和"上帝D"、夫人、藤井美也子女士在"美晴"开怀痛饮后的第二天。店长像往常一样带着轻浮的笑容,开着冗长的早会,那副身影似乎和平时不太一样了。

"听好了吗?大家欠缺的东西就是彻底打开自己!如果我们都不能尽情敞开心扉,客人怎么会向我们敞开心扉呢?请大家将手放在自己的胸口问问自己!大家真的Open Heart了吗?是不是将这里的同事们当成Family一样关心?请大家想一想——"

突然出现的"Family"充满力量,和"Heart""Open"罗列在一起,就像长岛茂雄[1]在说话一样。说到底,我觉得不管我们有没有敞开心扉,客人都没有必要在书店敞开心扉,再多说一句,敞开心扉的客人太多才是我们当下的烦恼。

一如既往没有意义的内容,夸张的手势,湿润的血红双眼,店长和平时没有区别。尽管如此,我看着他,心情不知为何发生了变化,有什么东西在冲击着我的内心深处。

---

[1] 长岛茂雄:漫画《4号三垒》的主人公,作者是青山刚昌。

我甚至忘记了眨眼,凝视着店长一张一合的嘴。突然掠过脑海的是一个我从未想过的奇妙假设:"这一切会不会都是演技?"

如果、万一……店长是故意装成"笨蛋"的样子,会怎么样呢?

为了什么?

当然是为了管理。为了店铺的顺利运营,他作为领导故意扮演小丑,这种事有可能发生吗?

也不是……不可能。

事实上,如今武藏野书店吉祥寺总店的全体员工都团结地站在反对店长的旗帜下。我不知道是不是正因为如此,这几个月的销售额与去年相比,一直在大幅上涨,店里前所未有地充满活力。

当然,我并不因此就觉得店长"在演戏"。可是如果有万分之一的可能性,会怎么样呢?

超出我们想象的能干店长?

不可能不可能不可能!绝对不可能!

我在心中使劲吐槽自己时,店长将一本书高高举过头顶。

正是他曾经在某次早会上介绍过的，竹丸智也的《向没有干劲的员工灌输服务意识，成功领导的心得77选！》。然后开始像第一次介绍一样说："今天早上，我发现了一本有趣的书。"

店长额头的汗水微微发着光，愚蠢的四十岁男人黏糊糊的汗水。要是在平时，我一定恶心到想吐，尽管如此……

喂，耶稣基督啊！果然只能怪"上帝D"开玩笑开得太过了，今天的我甚至陶醉地看着他额头上泛着光的汗。

矶田眼尖地看到了我的表情。

"那个，谷原小姐，我还是很在意。你先不要生气，请冷静地听我说完可以吗？"

她带着辩解的口气，汇报的内容果然令人郁闷至极："你不觉得店长在对你暗送秋波吗？"

矶田以前也说过同样的话。当时我干脆地否定说不可能，她似乎接受了，可这次是在听到店长翻唱过《对人好一点》之后，在听到他说"大声告诉你！我要告诉谷原京子！"之后。

那天，店长高声喊出的"加油"至今还萦绕在我耳边，久久无法散去。我还清楚记得另一件事，和我一起看电视的其他员工带着惊恐的表情渐渐从我身边离开。

矶田的话足以让我陷入失落的情绪。我叹了一口气,可她仿佛要为难我一样,又说出了一句郁闷的话:"谷原小姐也是,看着店长的眼神很陶醉。"

"啊?"

"所以我说了请你别生气嘛。"

"我没有生气!我怎么了?"

"我是说有些奇怪嘛。我回过神来就发现你在看店长,而且不是以前那种压抑着怒气的样子,该怎么说呢……果然只能用'陶醉'来形容。"

这姑娘以前就是这样。平时明明是个全身散发着不服输气场的女孩子,偶尔当我变得强势时,她就开始装出撒娇的样子。

"我真的会打你哦。"

"可是。"

"不,没有可是!"

就在我又要提高声音时,感到背后有人投来视线。我仿佛忘记了矶田的存在,像被吸引一样转过身。

我看到了,我们的山本猛店长手上做着麻利的动作,像蜡像一样看不出感情的眼睛正盯着我。

矶田发出了像不知什么地方来的辣妹一样的声音："等一下，这是什么啊！好可怕。"

我无动于衷，不知道该作何感想，只能盯着店长的眼睛。

很明显，当天只要有机会，店长就想找我说话。我还没有整理好自己的心情，完全不想和他说话，也会下意识地避开他。

在工作时间即将结束时，一位客人来到我身边。这位用清亮的声音叫着"谷原小姐"的人，正是曾经在武藏野书店兼职的木梨祐子。

听说她最近总算独自担起了到书店拜访的任务。尽管如此，木梨身边还是站着一位前辈员工。

"啊，山中先生，好久不见，怎么了？难得您过来。"

我发出兴奋的声音。以前，他就是"难打交道的往来馆"的象征，不过自从木梨告诉了我他对出版的热情，并且积极在公司里呼吁改善书店的待遇之后，我就单方面将他看成了同志。

"呀，因为我好久没来武藏野书店了嘛，想着又要被谷原小姐骂了，于是就来看看。"

"我才没有骂过山中先生，对了，最近往来馆的势头相当不错嘛。《我们的历史》和《稻草神都在跳跃》都卖得很好。"

"多谢。托大家的福，两本书都决定再版了。"

"哦，好厉害，也要给我们店里进货啊。"

我兴奋地说完，下个瞬间，场面陷入了神奇的沉默中。山中先生和木梨不知为何交换了视线，两人都叹了一口气。

两人就像是在互相推脱，希望由对方来报告难以说出口的消息。突然笼罩下来的紧张感让我也屏住了呼吸。

最后，接下这份肮脏工作的前辈山中先生抬起头。

"其实，今年冬天，我们公司要推出一本大作。"

"嗯？啊，木梨好像之前也说过这话。"

"那份校样我还是会找机会带来的，谷原小姐，能请你看过后告诉我感想吗？"

我反复咀嚼这番话的意思，依然不明白两人为什么面色紧张。

"嗯？啊……我会愉快地拜读的，是哪位老师的作品？"

"大西贤也老师。"

"嗯？啊，那本书我也听别人提过一嘴。好像又是以书店为舞台吧？"

"听说是的。"

"不过我听说不是早乙女今宵系列。"

"好像是的，不过听说是大西老师使尽全力完成的作品。老师说只要是为了卖出这本书，他可以做任何事情。"

"任何事情？什么意思？"

"我不知道，据责任编辑说，老师表示愿意上镜接受采访。"

我着实大吃一惊。著名的蒙面作家大西贤也应该从来没有在大众面前露过面。

我只知道他是"男性"，年龄、长相都不知道，说得极端些，我甚至不知道这个人是否真实存在。

"这可有点儿厉害了，写得这么好吗？"

"不，我们也还没看过。只是和我同期进入公司的责任编辑相当兴奋，在公司里公开表示这部作品绝对会成为代表作。"

木梨接着山中先生的话继续说："顺带一提，我们公司有一名一直在做文学编辑的人叫石川，和山中并称公司里的两座冰山。那个人也极力推荐，所以我们挺期待这部作品的。"

"石川从来没有这么激动地拜托过我，要让这本书大卖。我和他认识十年了，这样的书一共只有三本。《售空》《在永远的风中》，还有《只要你穿着体操服》。"

我目瞪口呆。山中先生一口气报出的三本书不仅仅是往来馆的畅销之作这么简单，虽然三本书的题材大相径庭，但都是这十几年来能够代表日本文学的畅销作品。

我也知道这三本书都加入了往来馆文库。虽然销量不如发售时期，不过如今在夏季展销会上的销量依然名列前茅。

三本书都出自同一位编辑，这件事让我惊讶不已。而这位石川编辑心中的下一本"代表作"就是大西贤也的新作。

不知不觉中，我的手心已经满是汗水。

"也就是说，两位现在想要推广大西老师的新作吧？让尽可能多的书店店员来看。"

我和往来馆的两人之间依然笼罩着一股不知名的静寂。这次的沉默比上一次程度更深。

"不，不是这样的。"山中先生再次代表两人耸了耸肩，"是大西老师点的名。"

"点名？什么意思？是指武藏野书店吗？"

"不，听说他清楚地点名要找武藏野书店吉祥寺总店的谷原京子小姐。"

"啊？什么意思？"我真的不明白，提高了声音。

山中先生为难地摸了摸鼻子："谷原小姐，你们果然是认识的吧。"

"大西老师吗？没有啊，怎么可能。我甚至不是他的忠实读者，他出了那么多本书，除了早乙女今宵，我只看过初期的《吹向带篷马车的风》。我认识他什么的——"

山中先生和木梨尴尬地对视，山中先生做出放弃似的动作，木梨点了点头说："我们也觉得不可思议，以前大西老师从来没有指定过书店店员来读校样，这是第一次通过石川提出委托。这本书对老师来说肯定是代表作，这一点并不奇怪，问题在于老师提出的名单上的七名书店店员。"

"问题？什么？"

"很久以前……在《吹向带篷马车的风》出版前，听说有几位读过原稿的书店店员曾经大力推荐，大西老师见过他们。"

"啊，这样啊，大西老师露过面啊。"

"嗯。当时的网络还没有现在这么发达，可能没有出现奇怪的传言吧。他们是打从心底支持大西老师的人，所以保守秘密并不是一件难事。"

"这样啊，就像光照派一样，好帅气。"

"这次，听说大西老师在名单上列举的七个人中，有六个人都是当时的书店店员。"

"哦，这样啊。"我稀里糊涂地回答后，感觉大脑变成了一团糨糊。

"嗯？不，等一下。所以这是什么意思？被他指名的人里，只有我不是当时见过他的书店店员？"

木梨也露出了困惑的表情，像是要帮她一把一样，山中先生再次开口："不仅如此，现在依然在做书店店员的只有谷原小姐一个人。"

"什……什么？为什么？啥意思？我说，那位石川先生究竟是怎么说的？"

"他基本上就是个怪人，对这件事没什么兴趣。我也问过他同样的问题，他说'大概是老师看过谷原小姐的书评，觉得挺好吧'。"

我开始思考这种可能性。只花了一瞬间，就摇了摇头，这种事绝对不可能。比我引人注目的书店店员要多少有多少，也有太多能写出更犀利的书评的人，评价能够与销量直接挂钩的人。大西老师为什么想要我这样一个在书店里渺小而可悲的，一阵风就能刮跑的合同工来提出评价呢？

"不可能。"

"我也觉得。"山中做出一副共鸣的样子，说出了相当失礼的话，不过我并不在意这种事。

"顺便问一下，其他六个人是谁呢？"

面对我的问题，木梨打开手账说："六名中四名还在书店行业。"她理所当然似的列举出大规模书店的总经理和专务董事，我的头更晕了。

"其他两个人呢？"

尽管已经处于濒死状态，我还是挤出了沙哑的声音。木梨看着手账，叹了到现在为止最大的一口气。

"真的很遗憾，其他二位已经离开出版行业，不知去向了。虽然石川说了，就算他们已经不在出版行业，也希望能想办法找到，可实在很难。一位是曾在大阪'天凤寺书房'工作的筱原女士，她已经结婚，好像出国了。还有一位连曾经工作过的书店都不在了——"

木梨有气无力地嘟囔着，当她说出最后一个人的名字时，我已经不仅仅是受到了冲击，甚至是哑口无言了。

"以前，神保町有一间名叫'莫妮卡书店'的小店，石川说想找曾经在那里工作的店员藤井美也子女士，她似乎是大西老师最想见的人。"

就像是推理小说一样，我感到所有的点都连成了线。虽然还留下了一个巨大的疑问，那就是既然如此，藤井美也子是如何告诉大西贤也，谷原京子的存在的呢？不过将大西贤也和谷原京子联系在一起的只能是藤井美也子。

昨天晚上，我问了从洗手间回来的"上帝D"。很久以前，她是不是在神保町的小书店工作过？是不是在那里负责绘本？还记不记得，曾经向一个还在上幼儿园的女生推荐过绘本？

夫人没有表现出惊讶，像明白了什么一样嘟囔着"果然如此"，然后对我说："老实说，我和你说话的时候还完全没有注意到，不过来到这家店里，我大吃一惊，我还清楚地记得你父亲的脸。"

夫人盯着和几位上班族老顾客侃大山的老爸，在我耳边窃窃私语："既然已经过了时效，我就告诉你吧。当时，他认真追求过我呢，那位父亲拉着你的手问我，下次要不要一起吃个饭。我还是第一次被带着孩子的人搭讪，所以留下了深刻的印象。"

当时母亲明明还活着，真是个色狼老爸！奇怪的是，我并没有产生这样的念头。

只是，"上帝D"也就是"夫人"藤井美也子女士带着淘气的微笑，实在太有魅力了，我不合时宜地陶醉在了她的侧脸中。

在便利店买好晚饭后，我回到了四叠半大小，四面墙里有三面都堆满书的公寓，郁闷的心情并没有消失。

虽然才过了一天，可我无论如何都想向她本人确认，她是如何再次联系上大西贤也，又是怎么介绍我的。

我没有抱希望，尝试着给夫人发了一封邮件，没想到回信很快。

"太好了，其实我也有件事还没告诉小京子。我可能会去得晚一些,还在'美晴'可以吗?昨天没吃到你推荐的炸肉饼,我很遗憾呢。"

我想夫人大概要二十二点之后才会去。收到回信后,我在家里看了一会儿书,却完全看不进去。

我从书山中抽出一本早就买好一直没看的大西贤也的书,虽然有些早,不过还是二十点刚过就离开了公寓。

我想着店里反正很空,就没有跟老爸联系,结果事与愿违。明明是最赚钱的时候,店里却只有一位客人,这一点完全符合我的想象,可那一个人却彻底超出了我的预期。

和上次一样,柜台上摆着酒壶、酒杯和魟鱼翅,店长正一个人表情严肃地坐在那里。

"啊,谷原京子小姐,你来了啊。"

店长仿佛已经想到我会来,轻轻点了点头。我心里又被某种情绪击中,就在这时,我想起今天一天都在躲他。

"辛苦了。"我生硬地说,开始思考要坐在哪里。其实我想坐在远离店长的位置,可是店里这么空,我没理由不坐在他旁边。强迫自己压下叹息,我在店长旁边坐下了。大概一个人面对店长很拘束吧,我没有看漏老爸脸上松了一口气的表情。

明明在店里那么想和我说话，可店长此时却紧抿嘴唇，不知道有什么打算。他摆出一副冷淡的样子，好像在小饭店里必须这样做似的。

让我不爽的是，就连他这么愚蠢的样子都让我心跳加速，果然是因为夫人说了傻话吧。我无法原谅自己像一个陷入初恋的初中生，于是问老爸要了一个酒杯。店长的酒还是完全没有减少，我擅自给自己倒了一杯，一饮而尽。

刚好喝光一壶酒时，店长总算开口了，仿佛打破了维持几个小时，甚至几十个小时之久的漫长沉默。

"有件事必须告诉你，我一直想告诉你的。在这里说可能不礼貌，不过总比在书店里好。"

我在心里高声尖叫，不知道对他下一秒一定会说出口的话，该做出什么样的反应。

大概是看出了店长不同寻常的样子吧，老爸也惊讶地睁大了眼睛。店长看起来完全不在意老爸，也是，哪怕他有一丁点在意，就不该说出"在这里说可能不礼貌"这种最没礼貌的话。

店长把满满一杯酒放在柜台上，老爸沉默地离开了。我也想一起逃走,可是不知什么地方却涌出了一种破罐子破摔的心情,随便吧!

店长抬起头盯着我,嘴角浮现出和平时一样温和的笑容。

"我最近好像就要调走了。"

"啊?"我情不自禁地发出声音,心中有一股莫名其妙的烦闷感扩散开来。

没花太长时间,我就意识到了那情绪是"失望"。店长没有注意到我的心情,超然物外般地继续说:"前几天,敝公司总经理说了类似的话。"

"是吗?"

"托大家的福,最近书店势头不错,我也已经想到,在不远的将来会发生这种事情。"

"接下来要去哪里?"

"恐怕是做总公司的采购或者去总经理秘书室吧。"

我对此感到意外,因为我听说店长在才艺展示大会上的暴举惹得担任大会干事的总经理大发雷霆。

或许总经理和店长的师兄弟情比我想象中还要坚固吧。

"是吗,祝贺您升职,恭喜!"

我拼命压抑现在还在试图统治我的寂寞情绪，店长摇了摇头说："没什么好恭喜的。我想你知道，我是一直奋斗在一线的人，对出人头地没有兴趣。就算不在总店，就算没有店长的头衔，就算要回归到普通员工的身份，我也想站在书店里。"

他的叹息声听起来有几分兴奋，我无言以对。店长果然没等我回答，继续开心地说："当然了，上班族就是这样身不由己嘛。既然是公司的命令，就只能服从。不过我不打算默默离开，我打算向公司提一个条件。"

"条件？什么？"我兴趣缺缺地问。店长挺起瘦削的胸膛，像是在说"你听好了"。

"条件是让你成为武藏野书店的正式员工哦，谷原京子小姐，让公司认真评价业界需要的你。这就是让我离开最爱的一线的唯一条件。"

尽管如此，我依然不为所动。我不是不相信店长的好意，只是我现在想听的不是这个。

我深深叹了一口气后，店里笼罩在一片寂静中。沉默持续了几分钟，老爸像是已经等得不耐烦了一样，从里面的房间走出来，不久后，一个许久未见的人掀开了"美晴"的门帘。

第一个注意到的人是老爸。

"啊，欢迎，好久没见了。"

我被老爸亲切的声音吸引，也看向大门。站在那里的是老顾客石野惠奈子夫人。我也好久没见过她，不过并没有立刻打招呼，因为几个月没见，石野夫人的脸憔悴得厉害，看起来杀气腾腾的。

实际上，石野女士的样子很奇怪。脸上只涂了口红，头发乱蓬蓬的，T恤加阔腿裤的简单打扮也与平时不同，脚上还蹬着一双脏兮兮的运动鞋，邋遢得让人不敢相信。

最重要的是她眼睛通红，瞳孔放大，就像刚从以命相搏的战场上回来一样，我不知道该作何感想。

石野女士眨了眨眼睛，仿佛回过神来一样看了看店长，又看了看我，总算放下心来晃了晃身子。

"啊，大家都在，好久不见了。"石野女士说完，却独自坐在了远处的座位上。我和店长离门口很近，石野女士和我们隔着三个座位，店里弥漫着与刚才不同的紧张感。

店长盯着手里的酒杯，石野女士点了一大杯啤酒，一口气喝了下去，并没有打算和我们干杯。

我夹在两人之间紧张的空气中，几乎喘不过气来，和老爸对视了好几次。

可店长依然是一副泰然自若的样子，仿佛没有意识到诡异的氛围。

"让你成为正式员工，是我的一项责任。"店长重复了一遍刚才的话，我心中涌起一股久违的焦躁。

"啊，是吗，真是谢谢您了。"

"因为你是出版业界的珍宝。"

"是啊。"

"当然，我也并不打算就这样静静离开一线。"

"那个，抱歉。店长你——"

"我打算放一场盛大的烟花之后再离开。"

店长的眼中闪烁着少年般的光芒，我在他身边抬头看天。他怎么能理所当然地继续刚才的话题呢？他明明曾经在这里见过石野女士，怎么能连一声招呼都不打呢？

石野女士也是的。之前听到"邓丽君"的话题时，她还拍着柜台大声说自己成了店长的粉丝呢，结果这么久没见，却连看都不打算看店长一眼。

我突然觉得自己一个人纠结的样子像个傻瓜，正好，对店长隐隐的心思也消失无踪。是啊，嗯，这样就好，谷原京子保持原样就好。哪怕只是一瞬间，要对差点喜欢上店长的自己感到羞耻。

"什么是盛大的烟火？"

我让老爸加了一壶酒，一口气喝了不少。啊，真无聊。啊，太傻了……我在心里念叨了无数遍。

店长也总算把杯子放在了嘴边，不过只是轻轻碰了一下，并没有喝下去。满满一杯日本酒只是微微荡起几道涟漪。

尽管如此，店长还是深深吐了一口气，用比刚才更加洪亮的声音说："签售会，要不要再办一次啊？"

"签售会？"

"嗯，在武藏野书店开一场大西贤也老师的签售会。以前不是邀请后被拒绝了吗？这次我想努力实现。"

"真了不起，您认真掌握了新书的消息啊。"我真心感到佩服。

店长诧异地皱起眉头："大西老师要出新书了？"

"您不知道吗？"

"不知道啊，没听说过。什么时候出？"

"不知道，我听传言说今年之内。"

"是吗，不知道来不来得及。"

"来得及什么？'书店店员大奖'吗？"

"啊？那是什么东西？肯定是我调职的时间啊。"

店长露出一副看傻子一样的表情，从西装内袋里取出手账，上面写着"大西老师，签售会"。

我的焦躁终于转变为愤怒，拼命压住声音的颤抖，一边在心中呐喊"这家伙难道还不知道吗"，一边问店长："店长，我能问您一件事吗？"

"我和你是什么关系，随便问。"

"不，只问一件事就好。我是下定决心才问出口的，店长，你知道大西贤也老师不会在公开场合露面吗？"

"嗯？什么？什么意思？"

"他是蒙面作家。严格来说，好像只有一次，他在出道前见过几名书店店员，不过仅此而已。从那以后，他连文学奖的颁奖典礼都不会出席，接受采访时也只会使用书面形式。"

"这样啊，啊，原来如此，所以早乙女今宵系列的主人公榎本小夜子……"店长开心地眯起眼睛，像念电视剧台词一样自言自语，"不过，这不是什么大问题吧？"

"不是大问题？为什么？"

"你问我为什么，因为你——"

店长话说了一半，门口传来哗啦哗啦的声音。在这个瞬间之前，我将今天来店里的原因彻底放在了脑后。是啊，我是来见夫人的。

昨天夫人嘲笑了我那么久，今天让她看到我和店长在一起，实在很难受。不过我本以为夫人会立刻开我的玩笑，结果她却在门口停住了脚步，摆出一副目瞪口呆的表情……我正觉得惊讶，她突然哭了起来！

夫人是笑着推开店门的，我不知道她看到什么才哭了出来。老爸、石野女士，甚至连店长都吃了一惊，我的表情一定和他们差不多。最后，夫人蹲下身子，捂着脸哭出声来。

她的泪水来得过于让人猝不及防。"美晴"原本是纪念亡母，充满爱意的名字。很长一段时间里，这间名叫"美晴"的饭店里只能听到夫人抽抽搭搭的哭泣声。

终 章

结果，是我笨死了

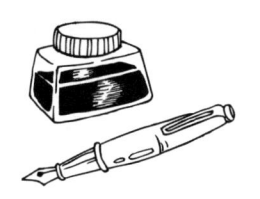

盛夏的"美晴",夜晚的美梦——那个众多奇迹重叠在一起的夜晚已经是很久以前的事情了。

那天,武藏野书店吉祥寺总店的客人夫人,在掀开我父母的饭店"美晴"门帘的瞬间,开始大滴大滴地掉眼泪。

老爸在厨房,手里握着菜刀露出为难的表情,店里的老顾客石野惠奈子女士微微歪着头,坐在我旁边的店长诧异地抿紧嘴唇。

最后,那个夜晚,夫人一言不发地离开了。店长也留下一句"今天还是先走为妙吧",然后起身离开,就连石野女士也跟在两人身后静静离开。

"美晴"里只剩下我们父女二人,老爸紧紧盯着我。

"什么?刚才那是怎么回事?"面对我的疑问,老爸眨了眨眼睛，像是回过神来一样敷衍地说："大家都是成年人了，有各种各样的烦恼吧。"

那天夜里真是莫名其妙。夫人第二天只发来一条消息，说自己"昨天身体不舒服，抱歉"。从那天之后，我再也没有见过石野女士。老爸也是一副没精打采的样子，只有店长毫无变化。

店里的日子一成不变，平静地过了下去。今天的早会上，店长也说着冗长的演讲："我非常讨厌放弃。就算自己不过是一介书店店员，不过是一介合同工，就可以随便放弃了吗？我不允许这种事情发生。举个例子，假设我们要筹办某位小说家的签售会，假设这位小说家是蒙面作家，各位会放弃这场签售会本身吗？说不定作家自己就想在我们店里开签售会呢，大家会完全不考虑这种可能性，单方面放弃吗？放弃究竟能带来什么呢？"

假设太多了，好烦……我轻轻叹了一口气。假设他口中的蒙面作家就是大西贤也老师，他是文坛顶级的小说家，只要出书就能畅销，他有什么想不开的，要在我们这种小破书店举办签售会呢？就连知道事情原委的我，听着店长的话也是一头雾水。在其他员工看来，这番话一定完全是不知所云。

和往常一样，店里弥漫着"快点结束"的抱怨、抱怨、抱怨……当然，店长并没有敏感到能体会到这些。

他用比平时更加轻浮的语调侃侃而谈，不知道为什么，今天早上好像瞄准了我。不仅仅是演讲的内容，店长的眼神也一直盯着我。那双干燥的眼睛像机器一样，眨都不眨，甚至让我觉得阴森。

尽管如此，不久之后店里就涌起一股不讲道理的愤懑，店员们好像在说"喂，谷原京子！你也是的，差不多得了！"我讨厌过于敏感的自己。

店长体会不到我的心情。

"你听到了吗，谷原京子小姐。"令人讨厌的声音在远处回响。"谷原小姐，"站在我身边的矶田用胳膊肘撞了我一下，我总算回过神来，可是最糟糕的是矶田接下来小声说的话："真是的，要争风吃醋，要吵架就在家吵啊，为什么偏偏选在店里忙的时间，真的会给大家添麻烦。"

我全身的血液都在"翻天覆地"地颤抖。我知道，血液颤抖不能用"翻天覆地"来形容，可是我的体内正在发生某种变化,只能用翻天覆地来形容。

"谷原京子小姐?"店长大言不惭地叫我。

"啊?什么?"

"你还说什么……我在问你有没有听我说话。就是因为你,给大家添麻烦了,你要是不负起责任,我会为难的。"

我的脑中响起弦绷断的声音,记忆到此为止。等到我再次恢复意识时,几名店员正从后面反剪着我的两条胳膊。家教良好的小野寺在大哭,最近刚进店的兼职男生连声说:"我明白,谷原小姐,我明白你的心情。"

后来,矶田告诉我:"你眼睛都快瞪出来了。不仅要瞪出来了,都快翻白眼了。我以为你要撞向店长,结果你伸出两根指头,真的想把店长的两只眼睛戳瞎。仔细一看,你面带微笑,用微弱的声音连声说'我要辞职,我要辞职'。我真的很害怕……所以啊,谷原小姐,抱歉我们怀疑你了,我已经很清楚你和店长之前什么事都没有了。"

果然在怀疑吗?矶田说的"我们"是谁啊,各种愤慨在我心中横冲直撞,翻着白眼连声说"我要辞职,我要辞职",打算戳瞎店长双眼,这样的画面实在太可怕,我什么都不想说了。

那天，武藏野书店吉祥寺总店没有人跟我说话，只有一个人除外。

当然是店长，我甚至不觉得惊讶。吃午饭时，仿佛几个小时前差点被戳瞎双眼的事情没有发生过一样，店长平静地对我说："我完全忘在脑后了。谷原京子小姐，今天，往来馆的两位销售要来拜访你，我本来也打算留下的。可是抱歉，恐怕因为之前的事，敝公司的总经理叫我过去。"

"之前的事？"

"当然，是我的人事问题。抱歉，麻烦你接待他们两位了。"

我被矶田催着，本打算为早上的事情道歉的，可店长故意跑过来压低声音说一件我完全没有兴趣的事情，让我的情绪变得急躁，想要道歉的心情完全消失了。

"都拜托你了，今天对我们两个来说都是一决胜负的日子。"

几个小时后，往来馆的两位销售仿佛看准了下班时间一样赶到，两人的表情都很严肃。

我和往常一样站在收银台旁边接待两人，木梨带着歉意说:"谷原小姐,真的不好意思,一会儿您有时间吗?"

"时间?为什么?"

"可以的话,我们希望在店外谈。"

我转过头,木梨的前辈山中先生也表情严肃地低着头,在我的印象中,从来没有接受过这种请求。

"我知道了,两位先过去可以吗?我一会儿就来。"我说了一家常去的咖啡馆,心神不宁地勉强处理完剩下的工作。

三十分钟后,我向平时看书常去的"伊莎贝尔"走去,本来打算见两人之前补个妆,可是却发现自己把化妆包忘在了书店。

要不要回去取,我只犹豫了一瞬就放弃了,两人顺利地坐在了靠墙的桌边,那个位置在读书时最容易集中精神。

木梨先看到我,于是站起身来,山中先生也站了起来。两人一起深深对我鞠了一躬,这再怎么说也太见外了,我愈发紧张。

"饶了我吧,你们两个从刚才开始就怪怪的。"我故意语气随意地笑着说,可两人的表情依然僵硬。

"谷原小姐,今天感谢您特意抽出时间。"木梨的声音颤抖，仿佛在害怕，在旁边看着她的山中先生也轻轻叹了一口气。

"不能在书店里说，不是因为别的，今天，我们带来了之前提到的校样。"山中先生语气坚定，让我提起的心稍稍放松了一些。到咖啡馆之前，我想到了各种情况。自己是不是犯了什么大错，如果不是，估计要面对一个大难题了，没想到对方提到了"校样"，让我松了一口气。

可是既然如此，我心中又涌起新的疑问，那就是两人严肃的表情。虽然以前提到最近会把校样带来时，两人也表情紧张，不过今天的氛围不是当时能比的。

"抱歉，这东西太重要，不能在书店交给您，请您收下。"

山中先生慎重地将写着"往来馆"名字的信封放在桌上，仿佛里面装的是什么不好的东西。

我提出一个理所当然的问题："两位怎么这么兴师动众的？"

"没这回事。"

"这就是大西贤也老师的新作吧？"

"对。"

"两位都看过了吗？"

"是的,拜读过了。"木梨插了一句,她上次还说没看过呢。这就是两人紧张的原因吗?

我边想边打算取出信封里的校样,结果山中先生出其不意地抓住了我的胳膊。

"啊,抱歉,很疼吗?"山中先生自己仿佛也吃了一惊,却并不打算放开我的胳膊。

然后不等我回答,他就语速很快地继续说:"恐怕,你在读过之后会深受冲击。不,老实说,我们不知道你会不会受到冲击,只是不管是正面的还是负面的,我们都希望你能在充分消化情绪后,给出自己的感想。责任编辑石川说了,只要能得到你的许可,就会将你的感想原封不动地用在书封上。"

"书封?"

"对。"

"不是,为什么是我?"

"你看过就明白了。"

"可是——"

"请看一看吧,我们也想知道谷口小姐的感想。"木梨说,像是在帮山中先生说话。

大概是太兴奋了吧，木梨也像店长一样叫错了我的名字。我不打算特意指出来，依然完全看不懂两人的态度，于是放弃了思考。

我坚信，最近一切问题的答案都装在这个信封中，这里的东西应该能吹散我所有的焦躁情绪。

"我明白了，需要什么时候看完？"

山中先生终于放开了手。

"越快越好。我们真的想拿到'书店店员大奖'，虽然时间很紧，不过我们打算十月下旬发售。"

"也就是说，这个月月底把感想告诉你们就好吧。"

"百忙之中实在抱歉。"

"我知道了，我会先读读看。不过，我不保证能写出感想。就算只是一个小小的书店店员，我也不想说出虚假的感想。"

木梨点了点头，深表赞同："我们明白，我做书店店员时，在这一点上就一直很信任谷原小姐。不过现在我是出版社的销售，还是希望能得到您的评价。"

木梨恭恭敬敬地鞠了一躬，我盯着她看了一会儿，又望向桌上的信封。

山中先生起身开口道:"那我们就先告辞了,谷原小姐要走吗?"

"我一会儿还有事,要再坐一下。"

"知道了,我会连下一杯的钱一起结账,蜜瓜苏打可以吗?"

"啊,我要黑豆可可。"我说完,打算先读读引言部分。

木梨带着祈求的目光看着我,那副表情简直就是字典里"阴森"这个词的注解,我反而不再紧张了。

"我一会儿要和小柳姐吃饭。"

"嗯?"

"之前在咱们店里的小柳真理。木梨和她一起工作过一段时间吧?"

"啊,是的,当然。这样啊,我也好久没见她了,想见见呢,替我向她带好。"

最后,两人恭恭敬敬地鞠了一躬后就离开了。前脚刚走,山中先生帮我点的黑豆可可就到了。

满满一层鲜奶油甜而不腻,我只舔了一口,就下定决心拿起信封。

所有的秘密都在这里——

我最近好像经常失去意识,不,我还记得故事的内容和几个疑问,可是当我的意识重新回到现实中的"伊莎贝尔"时,本应有的很多客人已经不在了。喧闹声和BGM也消失了。在鸦雀无声的咖啡馆里,我大口喝着完全没有减少的黑豆可可。

温热黏稠的甜饮料如预料般传遍全身。熟悉的店主看着我,冲正在发呆的我一笑,用右手拇指做出一个擦眼泪的动作。

看着他的动作,我终于意识到自己哭了。这个故事绝对不感人,大西贤也老师的新作如果要分类,应该属于喜剧,我还记得自己笑出了声。可是……

"这么好看吗?"店主端来一杯冰水。我简单地向他道谢,然后一口喝下,冲着店主鞠了一躬。

"那个,对不起,已经过了关门时间吧。"

"嗯,过了一个半小时。"

"这么久?您怎么不叫我一声?"

"因为你看得那么认真,一会儿表情严肃,一会儿又突然放声大笑,现在又哭了起来,其他客人看着都觉得挺吓人。"

"这真是……抱歉。对不起,请问现在几点了?"

"已经九点半了。"

"是吗,这么晚了……"我说着,终于想起和小柳姐约好八点见面的事。

不出所料,手机里堆着小柳姐发来的未读消息,像小山一般。我当然把手机调成了静音模式,可店主却从容地对我说"你的手机一直在响"。

我一边不停地向店主道歉,一边慌慌张张地整理桌子。最后,当我将校样放回写着"往来馆"名字的信封里并装进包里时,店主叫住了我:"那是什么书?很有趣吗?还没出版吗?什么时候出?我看你又哭又笑的,也想看看,能不能告诉我书名?"

我盯着信封沉默不语,一时间不知道能不能公开。

本来,我现在就没办法判断这本书是有趣还是无聊。虽然判断不了,但是我希望有尽量多的人看到它,因为这是关于我自己的故事。虽然绝对不是闪闪发光的,但每一天都在拼命挣扎,想要获得幸福,是我们的故事——

我想到这里,总算理解了。就是啊,我每天都在忍受不合情理的事情，就是因为想要获得幸福，这不是理所当然的嘛。被自己喜欢的书本包围，从喜欢的作家手里接过喜欢的故事，认真送到可爱的客人身边。

虽然经常会有让人焦躁的事情发生，连这么简单的工作都无法顺利完成，可自从开始做这份工作，我内心深处的想法从来没有发生变化。

如果提出要求，就能得到再多一点的报酬就好了，这本书里也认真提出了方案。或者说，作者花了很多篇幅来讲述这件事，我一定是因为这样才掉眼泪的。被别人理解，是如此令人鼓舞的事情吗？

我希望每天都能愉快地笑着生活，只希望能幸福地生活下去。就算现在每天都像踩在泥潭里，我也希望总有一天能够闪光！在如此宏大的命题面前，能不能公开书的出版信息实在是太微不足道的小事。

我缓缓抬起头，下定决心般大声说："《店长笨死了》——"

店里愈发安静。

"啊，啊？店长？什么？是在说我吗？"店主尖叫起来，我把信封装进包里，一边起身一边挂上了满面的笑容。

"这本书的舞台是吉祥寺的一家小书店,主人公是一位名叫谷口香子,平平无奇的女孩子,故事土里土气的。可是毫无疑问,这是大西贤也老师的新境界。十月下旬由往来馆发售,如果您需要购买,请务必到武藏野书店来,到时候应该会有些特别优惠!"

正是如此,我已经提供了这么多信息。我心中感到雀跃,最后向店主道谢后,快步走出了"伊莎贝尔"。

我打了好几次电话,小柳姐就是不接。没有办法,我只好匆匆赶往约好的饭店,还发了一条特别厚颜无耻的消息:"我马上到,请等着我!如果已经走了,请你马上回来!"

幸运的是,小柳姐正翻开书,独自喝着酒。虽然她板着一张脸,看都不看我,不过却带着"只有今天,我就等着你吧"的表情。

"小柳姐!"

我扑过去坐在小柳姐身边,几乎要抱住她。简单道了个歉后,就开始滔滔不绝地讲起了大西贤也老师的最新作品《店长笨死了》。

从第一行字开始就极富冲击力。

"店长的话一如既往地冗长。我才发现自己比平常焦躁,立刻想到经期快到了。"

不是比喻,这就是我自己的故事。一想到这里,我就陶醉其中。全书五章内容讲述的是一位年轻小说家的苦恼,他明明有才能却内心膨胀,最后重新找回谦逊;是一位书店管理者的哀愁,他是一个独断专行的人,受人忌惮却又让人恨不起来;是一位刚毕业的员工的奋斗,她刚刚成为格列佛出版社的销售;是客人们的可爱之处,他们有一两个小毛病,却与书店有着剪不断的联系。另外,贯穿整个故事的一根轴线,是写给"店长"与"我"的赞歌……

好厉害,好厉害,好厉害。我在介绍时说了不知道多少次厉害,直到最后,小柳姐都面色不快地盯着我。

等我全部说完后,小柳姐问出了一个非常有道理的问题,让我恍然大悟。

"不是,你等一下。所以说大西贤也是谁啊?你认识吗?"

我们盯着对方看了许久。我自己也明白,直到刚才还挂在脸上的笑容正在缓缓消失。

确实是，我为什么没有想到呢？毫无疑问，"谷口香子"就是谷原京子，这是以我为原型的小说。不光是那些真实发生过的故事会让我产生错觉，甚至觉得这是我自己写出来的，作家甚至准确地捕捉到了我每天的焦躁和内心活动。

可是我并没有接受过类似的采访。既然如此，究竟是谁呢？肯定是我身边的人，而我几乎没有朋友。如果是了解书店情况的人，那么用一个手就能数过来。

"等一下，你不知道大西贤也是谁吗？那个人确实是蒙面作家吧？"

极端地说，就算认为问出这句话的小柳姐是大西贤也老师也不奇怪。

"最近连续发生了好多怪事。"我犹豫了许久，终于挤出了一句话。

"怪事？"

"首先，是这本书的校样，听说是大西老师指定要送给七名书店店员的，不过除了我，其他六个人都已经是总经理、董事、业界老人了。"

小柳姐敏感得皱起眉头。

"可确实没错吧，我不知道其他六个人怎么样，光听内容，这完全是以你为原型的小说啊，肯定要让你看看才行。"

"顺带一提，除了我，其他六个人里有一个是武藏野书店的老顾客。"

"什么啊，什么意思？"

"我应该没跟你说过，有一个名叫藤井美也子的女士，现在好像是某家证券公司的派遣员工，她以前在神保町的书店做过书店店员，当时见过还没出道的大西老师。"

"也就是说，将大西贤也和谷原京子联系在一起的就是这位藤井女士了？"

"可是，我没有把夫人……啊，夫人是我私下里给藤井女士起的绰号，我没有给别人介绍过夫人。"

"那就是你和夫人在一起时见过的人啰，而且是男人。你能想到谁吗？"

直到刚才为止还一脸诧异的小柳姐表情一变，充满了好奇心。我也想过同样的事情，和夫人在一起时见过的人，一时间我只能想到两个，可这种事情……

"一个是我老爸。"

大概是因为和期待中的答案不同吧,小柳姐的眼中露出失望的神色。当然了,我也明白不可能,他明明是个做生意的,却连贺卡都几乎不写,嘴上总是说"麻烦"。我从小就在老爸身边,他绝对不可能瞒着我以"大西贤也"的名义写小说。

首先,就算假设老爸是大西贤也,也没办法解释夫人的态度。夫人第一次掀开"美晴"的门帘时,并没有表现出明显可疑的举动。

既然如此,就不应该是她第一次来的那天,而是第二天在店里的人才对,而且是男性。我握紧拳头,偷偷瞥了小柳姐一眼。

"还有一个人是店长。"

冰冷的沉默弥漫在桌上。我期待小柳姐笑出声,或者大声嚷嚷"不可能不可能",结果她却像明白了什么似的点了点头。

小柳姐斩钉截铁地说:"果然如此,我就猜会不会是他,只能这样解释了。虽然有一半是开玩笑,不过我真心觉得你和店长挺好的。你们肯定合得来。"

虽然论点偏了,不过若是在平时,我一定会发火,可现在却接受了。

我也明白原因,因为我刚刚看过《店长笨死了》。根据角度不同,这本书可以看成是店长写给我,或者我写给店长的情书。

至少我能够感到,我对店长无法解释的心情被清楚地捕捉到了,那份心情绝不是单纯的喜欢,可我却会情不自禁地关注他。

"可是,他确实是个让人捉摸不透的人,不过大西贤也老师是店长实在不可能吧。"

虽然如果真是这样会挺有趣……我心中带着几分失望苦笑。小柳姐的表情很奇妙。

"不可能?"

"不可能。"

"为什么?"

"因为大西老师的年龄。虽然没有公开,不过处女作《吹向带篷马车的风》是在二十五六年前出版的。正因为如此,当时见过他的书店店员年龄都不小了,我想大西老师应该也超过五十岁了。店长应该才四十岁左右吧。"

"所以是你老爸?"

"不,更不可能是他。"

"还有其他有可能的男人吗?"

"没有。"

"既然如此,果然只能是那个人了吧,我说,店长真的四十岁吗?"

"嗯?"

"谷原,你问过他本人吗?"

"不,倒是没问过。"

"也就是说,多半是我告诉你店长四十岁左右的。那个人有没有可能实际上已经五十岁了呢?"

我的眼前浮现出店长过于消瘦的身姿。绝对不可能……倒也不是。我本来就不知道五十岁的人应该长什么样子,总之,我觉得店长是大西贤也的可能性比老爸是大西贤也的可能性高得多。

"可是,有没有可能我身边的人是大西老师的朋友,将各种事情转告给他呢?"

"那人是谁啊。"

"比如说'美晴'的老顾客石野女士，或者夫人，还可能是小柳姐什么的。"

说着说着，我自己也觉得不可能了。不是因为没有意义，而是因为《店长笨死了》中充满了爱意，我不觉得不认识我的人只凭听说就能写出来。

小柳姐盯着一言不发的我，深深叹了一口气。

"总之应该就是店长了吧。虽说我觉得店长不会是大西老师，不过可能性必须一个一个否定才行。"

"是啊，我去试探一下。那个，小柳姐——"我情不自禁地开口。小柳姐带着温柔的微笑歪着头说："怎么了？"

"嗯？啊，不是，请你回到店里来吧。"

"嗯？"

"小柳姐不在的话，我就振作不起来，也不快乐，我会跟店长说的，拜托了。"

其实我还想问小柳姐另一个问题，是关于店长坚持的"大西贤也签售会"。

我该如何看待此事呢？假设店长就是大西老师，那么关于签售会的众多交流都是他在演戏吗？我想不明白，虽然不明白,不过有一件事我很在意。当我在"美晴"告诉店长大西老师是蒙面作家时,他冷淡地说:"这不是什么大问题,因为你——"

那个时候,店长想说什么呢?之后夫人走进店里,对话遗憾地中止了。说不定他接下来想说的是"因为你现在正在和大西贤也说话"。

我本想告诉小柳姐,可是不管我们在这里说了什么都解决不了问题。我冷不丁地请她复职,没想到小柳姐并没有露出不快的表情。

"是啊,辞职后,我发现了很多事情。尽管服装业的工作也很愉快,不过我果然更适合贩卖故事。回去当然不简单,不过或许也挺有趣。"

后来,话题离开了大西贤也老师,我们开始讨论书店业界的各种事情。

小柳姐不断提出崭新的创意,甚至都是和武藏野书店改革有关系的内容。如果小柳姐能回来,真的会很有趣。我心中兴奋不已。

"总之,你这次可是给书店卖了个大人情。大西贤也的首次签售会是标杆，当代首屈一指的畅销作家出道二十五年来首次露面，竟然是在吉祥寺的一家小书店，绝对很有趣吧？要叫来很多媒体和粉丝，让店里变得人山人海。这就是武藏野书店逆袭的狼烟！"

小柳姐说出这番话时带着天不怕地不怕的微笑，和她告别后，已经过了凌晨十二点。早会上差点戳瞎店长的眼睛，在咖啡馆和往来社的两位销售碰头，接过的校样是冲击力极强的作品，我明明不打算看，却一口气看完了，又和心爱的前辈聊了各种事情。

尽管大脑和身体都筋疲力尽，我依然没有回公寓，而是向书店走去，因为没有带化妆包。我在心中不断重复没有带化妆包这个借口。

小柳姐离开书店后将万能钥匙交给了我，我偷偷溜进深夜的书店。后院里孤零零地放着一张桌子，不知从什么时候开始，上面放的都是店长的私人物品。

老实说，我心里半信半疑。不，如果可以这样表达，应该是一信九疑。店长果然不应该是大西贤也，我要找到能作为证据的东西……找到他没有在写小说的证据……

我边想边在桌子上寻找，然后发现了一样东西，是店长在某次早会上热情介绍的自我提升类书籍。是只出了一本书后就在市场上消失的竹丸智也的作品——《向没有干劲的员工灌输服务意识，成功领导的心得77选！》。

"他还在看这种书啊。"我自言自语地说着，拿起贴满了便签的书。随手翻了几下，我心中涌起一股莫名其妙的不协调感。

因为想要知道原因，我呆呆地站在原地，把书翻回了第一页。有六处地方认真做了记号。

我一个接一个认真看了下去，全都看完时，我的感觉很不好，仿佛脑子搅成了一团。

·（第8选）让决心辞职的员工回心转意的心得

→主动宣称自己远比那名员工更想辞职。不要随便挽留，温柔地告诉员工他（她）很重要。

·（第19选）去除员工不满的心得

→这很简单。自己发火给员工看。发火的对象应该是比自己身份地位更高的人。尽可能在很多人面前，向心怀不满的员工说出自己的抱怨。

·（第38选）让员工有归属感的心得

→展示自己对于组织的忠诚。员工很容易忘记自己身处一个多么优秀的环境，你应该率先展示出对组织或者组织领导的爱，自然而然地培养员工热爱公司的精神。

·（第50选）让总是没有干劲的员工拿出真本事的心得

→这种情况下，只能高声喊出对这名员工的爱了！在其他员工面前，或者在陌生人面前，光明正大地告诉这名员工"加油！"围观的人越多，效果越好。

·（第66选）让容易放弃的员工不要放弃的心得

→自己去实现员工认为绝对不可能实现的事情。请一定要让员工体验到，翻过的障碍越高，心情越好。

·（第77选）治愈比谁都孤独的你的心得

→自己为什么要扮演小丑到这个地步呢？读到这里，大家都会产生这样的想法吧。但是没关系，员工们一定明白你的能干之处。如果有的员工太笨，实在体会不到，就利用早会之类的时间让他们看到这本书吧（笑）。你扮演小丑扮演得越好，你的团队就会越牢固。真人不露相！来吧，打造优秀的团队吧！祝你好运！

"这是什么啊……这是什么啊……"在深夜空无一人的后院里，我不知道重复了几遍。

翻到最后一页，几乎全部内容都做了记号，简直就像是差生考试前的参考书，我不禁想，这也是"真人"该做的事吗？

一切都是发生在我周围的事。店长究竟是不是大西贤也，最初的调查目的已经烟消云散，我只是睁大了眼睛，结果看到了另一样东西。

是店长写在"美晴"筷子套上的笔记，我曾经见过。用罗马字"ISHINO YENAKO"标记了"石野惠奈子"。

我还记得店长写下这些的日子，是他初次见到石野女士的日子。当时我只觉得莫名其妙的事情开始了，现在却产生了强烈的不协调感。契机在于我发现"惠奈子"的"惠"字写成了"YE"，而这个发现正是解决所有疑问的线索。

我的心扑通扑通地跳着，我用手按着嘴，拼命压住差点发出的声音。就在这时，背后有人叫了我的名字。

"啊，这不是谷原京子小姐吗？晚上好，这么晚了，你在干什么啊？我看见灯光有些担心，过来看看。"

他是什么时候来的？黑暗中，店长静静站在我身后，他微笑着缓缓向我靠近。我因为恐惧瑟瑟发抖。如果只截取这个瞬间，简直就是终于暴露身份的凶恶罪犯，以及仅仅因为好奇心得知真相的可怜羔羊。

一瞬间，我真的以为店长手里握着刀。当然，他手里并没有拿那种东西，不过我依然止不住颤抖。

店长走到我面前时，由于逆光看不清表情。

"不过正好。我有件事必须告诉你。话虽如此，你毕竟是个敏锐的人，恐怕已经发现了吧。"

"嗯，什么？发现什么？我什么都不知道！"我佯作不知，店长不知为何，像偶像剧里面一样拍了两下我的头。

我已经分不清，全身冒出的鸡皮疙瘩究竟是因为对秘密即将揭晓的恐惧，还仅仅是因为觉得恶心。

我从周围的气氛中感觉到店长在微笑。

"谷原京子小姐，请你用心听我说。其实，我——"

直到昨天为止，我都只觉得这副笑容是轻浮的，可如今当店长带着这副笑容坦白真相时，我该露出什么样的表情呢？

店长是什么人？

是精明能干的人？还是凡夫俗子？

大西贤也是谁？

所有疑问就像盖上盖子的锅一样，水已经煮沸，我心中响起咕嘟咕嘟的声音。

那是我一生中从未经历过的混乱夜晚，不知道谁是谁，不知善恶，甚至不知道结论是什么。

※

武藏野书店吉祥寺总店挂着和书店不相称的夸张横幅。

《店长笨死了》畅销纪念！大西贤也老师 谈话＆签售会！

在"大西贤也老师"和"谈话＆签售会"之间，冒出了一个像漫画一样的文本框，里面写着"初！"

虽然不可能所有人都来，但从签售会决定举办到营业结束，店里聚集着的前所未有的人潮和媒体的摄像机数量都远超我们的想象。

想出这次企划的是我们的店长，正握着麦克风站在粉丝面前。好几台摄像机同时亮起闪光灯，总是无所畏惧的店长今天看起来也在紧张。

"嗯，尽管今天的活动开到这么晚，也依然有如此多大西贤也老师的粉丝、媒体朋友，以及一小部分武藏野书店的老顾客们在此云集，我深表感谢——"

简单的玩笑完美地戳中了大家的笑点，书店洋溢着温柔的笑声。我站在最后松了口气，有人拍了拍我的肩膀。

转过身后，我吃了一惊。

"嗯？你怎么来了？富田老师。"

不知为何站在我身后的富田晓老师，一边看着我一边笑眯了眼睛。

"我没说过吗？我是大西老师的忠实粉丝，今天偷偷报名来参加活动。"

"哎，您跟我说一声啊，我至少可以帮您留个座位。"

"不不不，那可不行。"

"不行？为什么？"

"因为我最清楚了，小京子不是会偏心的人。"

我很能理解富田老师这番话的意思。

"那个，再次恭喜您，富田老师，书店店员大奖。"

"我说了很多次了，都是托小京子的福。"

"我说了很多次了，没这回事。"

"不不不，因为——"

今年的"书店店员大奖"第一名是富田晓老师的《约定的邻居》，第二名是大西贤也老师的《店长笨死了》。

值得一提的是，今年的"书店店员大奖"，票数是史上罕见地接近。二者只差一分。也就是说，只要有一个人改变了第一名和第二名的投票顺序，结果就会逆转。

我当然无从得知此事，把第一名投给了《约定的邻居》。和书名一样，这是一个朴实无华的爱情故事，自处女作《空前的伊甸园》以来，富田晓的作品总是让我觉得"拿不出手"，不过我认为这是他表明决心的作品。

自从在横滨约会时听他说到这本书，我就一直在期待。富田老师写出了远超我期待的小说。他所说的"不会偏心"指的应该就是这件事。尽管《店长笨死了》是写给我的应援歌,几次再版后,书封上依然用着我写下的书评——"虽然我绝对不是闪闪发光的人,但每一天都在拼命挣扎,想要获得幸福",可我依然把它定为了第二名。

大概是出于客气,我寄给《约好的邻居》的书评也登在了"书店店员大奖"的小册子上。

从第三次再版开始,我的书评就用在了书封上,而我并不知道其中的原委。

"看过这本书,我再一次感到能和富田晓这位小说家同处一个时代,真是太好了。"

现在不管去哪家书店,在位置最好的展台上都能看到"武藏野书店·吉祥寺总店 谷原京子"的名字。"自由书店"那位影响力很大的书店店员佐佐木阳子小姐每次在聚会上见到我,都会嘲笑地叫我"哟,时代的宠儿"。

我当然不是时代的宠儿,现在绝对依然是风一吹就会被刮走的书店店员,只有一件事不一样了。

"怎么样?变成正式员工后有什么变化吗?"

富田老师摆出一副淘气的表情。

"没什么。薪水依然微薄，照出版界现在的情况，书店也不知道能撑到什么时候。也就是说稳定什么的只是幻想，不过，还是有一个变化。"

我顿了一下，轻轻点了点头。

"我觉得自己更喜欢书了。就算一本书不畅销，在我眼里，它也比以前更加有趣了，我开始认为不畅销是我们的失败，没能将书的有趣之处传达给读者。"

"你还真是严于律己。"富田老师目瞪口呆地耸了耸肩膀，继续小声嘟囔，"店长他……不，应该是原店长了。山本先生还好吗？"

"嗯，好像干得挺起劲的。"

"他顺利让你转成了正式员工嘛，我果然比不上那个人。"富田老师说着，手里拿的正是那本《向没有干劲的员工灌输服务意识，成功领导的心得 77 选！》。

我噗嗤一笑，摇了摇头说："还是富田老师更厉害。"

"哈哈哈，你怎么能说出这种话来啊？"

"我是说真的。"

"不不不，我可不信。"

富田老师开朗一笑，看起来并不在意，我却有些尴尬地皱了皱眉。获得"书店店员大奖"后，富田老师再次提出要和我交往。

我毅然决然地拒绝了这份受之有愧的告白。脑海中浮现出山本猛原店长抽抽搭搭的样子。

偷偷溜进书店的那个深夜，店长敲了两下我的头，说出"其实我——"之后，突然啪嗒啪嗒地掉起眼泪。

"我……我……真的确定要调职了！"

"嗯？调、调职？"我直到前一刻还做好了准备，听店长揭露他的真实身份，所以大失所望。

店长完全不知道我的心思，眼泪依然大滴大滴地往下掉。

"对，调职。太过分了！我以为既然要调职，至少要让我去做总公司的采购或者进总经理秘书室吧。真是太过分了！"

"等、等一下，店长。请冷静，您要调去哪里？"

"谷原京子小姐，你知道敝公司的总经理是宫崎人吗？"

"嗯，知道。总经理好像要衣锦还乡，在宫崎的大山深处开一家武藏野书店吧？"

"就是这个!"

"嗯?"

"我被调到那里去了!而且甚至连店长都当不了,头衔是从没听过的店长代理助理。说到底,还不知道那家店里有几个人呢!"

最后,店长蹲下身子,双手掩面痛哭起来,等我回过神来时,已经在像哄孩子一样抚摸他的背了。"我想一直奋斗在一线""对出人头地没兴趣""就算不在总店也好""不需要店长的头衔""我想始终站在书店里",这些都是店长曾经说过的话。

我现在依然摸不透他究竟是能干还是愚蠢,究竟是不是大智若愚的人。我只知道就像《店长笨死了》里面写到的那样,店长实在是太可爱了。

想到这里,武藏野书店吉祥寺总店引以为豪的新美女店长小柳真理请出了今天的主角。

"接下来,让大家久等了。有请大西贤也老师登场!"

一瞬间,店里鸦雀无声,然后刮起了一阵爆发似的热潮。粉丝的惊叹声、员工热情的掌声,以及此起彼伏的快门声……

从一开始，老师就表示可以随意拍摄。我也夹在举着手机的粉丝中，拍下了大西贤也老师第一次露面的情景，因为受到了在宫崎努力工作的店长代理助理的委托。

大西贤也老师鞠了一躬，我看着她，得意地笑了起来。那天晚上，在发现店长将"惠奈子"的"惠"字写成了"YE"时，我的脑海里突然闪过大西贤也老师的《早乙女今宵后日谈》里的那节内容。

主人公榎本小夜子（EMOTO SAYOKO）的名字和作品中的小说家（SAOTOME KOYOI）的字母调换了顺序，包含少了"I"的问题在内，我读到这个诡计的时候十分扫兴。我做梦也没有想到，这个伏笔会以现在这样的形式回收。

伏笔仿佛加上了照片，名牌上只写着"OONISHI KENYA"，我抬起头，和大西老师四目相对。

大西贤也老师……我长久以来一直当成石野惠奈子（ISHINO YENAKO）相处的文学大家露出温柔的表情。

"各位，初次见面，我是大西贤也，感谢大家今天因为我而聚在这里。我和这家店的店长商量之后，请她允许我来指定这场谈话会的嘉宾。拙作《店长笨死了》的主人公，谷口香子的原型,武藏野书店年轻而有影响力的书店店员,谷原京子小姐!来,大家鼓掌!"

大家被石野女士煽动,视线一齐投向了我。虽然我一下子紧张得浑身僵硬,不过遇到危机时,一定会有人来帮我。

我求救似的看了看手机,只见原店长回复了消息。

"嗯?嗯?为什么石野惠奈子女士在那里?大西贤也老师呢?嗯?怎么回事?那边究竟发生了什么?!怎么回事,谷原京子小姐!"

我摸不透店长,这个人原来不知道大西贤也老师的真面目吗?他没有看出老师就是石野惠奈子吗?既然如此,那个写着"YENAKO"的笔记是怎么回事?

我刚想到这里,就看到了第二条回复,添加了照片。是原店长和夫人的合影。

正文如下:"我在和大分的女人幽会,宫崎男子·YAMAMOTO TAKERU。"

我真是摸不透店长,为什么夫人会在宫崎?为什么要用罗马字署名?我的脑海中冒出好多问号。

就在这时,富田老师突然从身后发出惊叹声。

"哇，好厉害！这个也是文字游戏吧。"

富田老师毫无顾忌地看着我的手机。然后他手指着的"YAMAMOTO TAKERU"突然扭曲，完美地转换成了"TAKEMARU TOMOYA"。正是富田老师手里那本《向没有干劲的员工灌输服务意识，成功领导的心得77选！》的作者，竹丸智也。喂！这究竟是怎么回事？！

我越来越摸不透店长了，只知道一件事，看来我可以继续为老师提供素材了。

大西贤也老师的畅销作品第二部，题目是，原店长……

不对，《店长代理助理笨死了》就挺好吧。

图书在版编目（CIP）数据

店长笨死了 /（日）早见和真著 ; 佟凡译. -- 成都 : 四川文艺出版社, 2022.10
ISBN 978-7-5411-6406-4

Ⅰ. ①店… Ⅱ. ①早… ②佟… Ⅲ. ①中篇小说—日本—现代 Ⅳ. ①I313.45

中国版本图书馆CIP数据核字(2022)第146428号

TENCHO GA BAKA SUGI TE
Copyright © 2019 Kazumasa Hayami
Chinese translation rights in simplified characters arranged with
Kadokawa Haruki Corporation
through Japan UNI Agency, Inc., Tokyo

本书中文简体版权归属于银杏树下（上海）图书责任有限公司。
版权登记号：图进字21-2022-145号

## DIANZHANG BENSILE
## 店长笨死了
[日] 早见和真 著
佟凡 译

| 出 品 人 | 张庆宁 |
|---|---|
| 出版统筹 | 吴兴元 |
| 项目统筹 | 肖 恋 |
| 责任编辑 | 李国亮　孙晓萍 |
| 责任校对 | 段 敏 |
| 策划编辑 | 徐 洒 |
| 装帧制造 | 墨白空间·张家榕 |
| 营销推广 | ONEBOOK |

| 出版发行 | 四川文艺出版社（成都市锦江区三色路238号） |
|---|---|
| 网　　址 | www.scwys.com |
| 电　　话 | 028-86361781（编辑部） |

| 印　　刷 | 嘉业印刷（天津）有限公司 | | | |
|---|---|---|---|---|
| 成品尺寸 | 143mm×210mm | | | |
| 印　　张 | 8.25 | 开　本 | 32开 | |
| 版　　次 | 2022年10月第一版 | 字　数 | 130千字 | |
| 书　　号 | ISBN 978-7-5411-6406-4 | 印　次 | 2022年10月第一次印刷 |
| | | 定　价 | 55.00元 | |

后浪出版咨询（北京）有限责任公司 版权所有，侵权必究
投诉信箱：copyright@hinabook.com　fawu@hinabook.com
未经许可，不得以任何方式复制或抄袭本书部分或全部内容
本书若有印、装质量问题，请与本公司联系调换，电话010-64072833